Petra Hahn-Lütjen (Hrsg.)

WeihnachtsFest Geschichten

von

Hanna Ahrens * Ilse Ammann-Gebhardt
Annette Döbrich * Yola Entz * Albrecht Gralle
Hanno Herzler * Mathias Jeschke * Tanja Jeschke
Birthe zur Nieden * Eckart zur Nieden * Gerrit Pithan
Eva Prawitt * Katrin Schäder * Manfred Siebald
Karin Stoletzky * Jürgen Werth * Kai-Uwe Woytschak
Christoph Zehendner

BRUNNEN
Verlag Giessen · Basel

FSC
Mix
Produktgruppe aus vorbildlich
bewirtschafteten Wäldern und
anderen kontrollierten Herkünften

Zert.-Nr. SGS-COC-1940
www.fsc.org

Die einzelnen Geschichten dieses Bandes
erschienen früher in den vier Taschenbüchern:
Weihnachts*Stille*Geschichten
Weihnachts*Wunder*Geschichten
Weihnachts*Licht*Geschichten
Weihnachts*Wunsch*Geschichten

www.brunnen-verlag.de
Umschlagfoto: Plainpicture
Umschlaggestaltung: Sabine Schweda
Satz: DTP Brunnen
Druck: GGP Media GmbH, Pößneck
ISBN 978-3-7655-1724-2

Inhalt

Weihnachts*Stille*Geschichten

Weihnachts*Wunder*Geschichten

Weihnachts*Licht*Geschichten

Weihnachts*Wunsch*Geschichten

WeihnachtsStille
Geschichten

Manfred Siebald

Stille Nacht

»Ruhe bitte! Ruhe!« Eigentlich hätte er sich seine Worte sparen können, denn die Sänger produzierten weiter den unbestimmbaren Geräuschpegel – mal etwas lauter, dann wieder gedämpfter, aber immer störend – der nur in Chorproben möglich ist. Kaum machte er sich mit den Sopranstimmen an die Feinheiten von Pianissimo und Mezzoforte, schon murmelten, fragten, antworteten, kicherten, lachten alle anderen Stimmen. Wenn dann der Tenor seinen Part übte (den er auch nach sieben Wochen intensiver Arbeit noch nicht richtig konnte), gesellten sich die Damen vom Sopran umgehend zu den Störenfrieden. Was da so viel interessanter als die Probe war, konnte er nicht heraushören; zu diffus waren die Wortfetzen, die ihm die Konzentration raubten. Nervig war das, einfach nur nervig.

Dabei hatte er gedacht, dass wenigstens »Stille Nacht« für den Chor ein Signal zum bewussten, andächtigen Singen sein würde, vielleicht sogar so etwas wie richtige Weihnachtsstimmung hervorrufen könnte. Aber diese naive Annahme hätte er sich sparen sollen. Die Möglichkeit, Neuigkeiten auszutauschen, Witzchen zu machen oder sich auf irgendeine Weise vor den attraktivsten der Sängerinnen aufzuspielen, war viel zu verlockend für manche Männer. Und auch die Frauenstimmen schienen alle Vorurteile über weibliche Geschwätzigkeit bestätigen zu wollen. In einer Ecke setzte sich plötzlich eine Gruppe mit »Morgen kommt der Weihnachtsmann« fast gegen diejenigen durch, die sich dann doch um die »Stille Nacht« bemühten. Wenn es ein Kinderchor gewesen wäre, hätte er ja noch Verständnis gehabt. Aber von den vierunddreißig gesetzten Damen und Herren der »Singgemeinschaft Cäcilia von 1910 e.V.«, die er zu dirigieren hatte, durfte man doch etwas mehr Ernsthaftigkeit erwarten – zumal er als ehrenamtlicher Dirigent nun wirklich seit Jahren sein Bestes gab. Am liebsten hätte er die Stimmgabel auf den Boden geworfen und wäre aus dem Raum gestürmt. Aber das Konzert in der katholischen Kirche am Nachmittag des ersten Weihnachtstages war versprochene Sache, und deshalb war das Einzige, was er denken konnte: Ohren zu und durch.

Wie die Chorprobe herumgegangen war, wusste er hinterher nicht mehr. Alle Tricks hatte er angewandt, die er bei den Chorleiterschulungen gelernt und selbst im Laufe der Zeit erprobt hatte: Wechsel der Übungsformen, Einzelstimmproben an einzelnen Melodiepassagen, Atemübungen zwischendurch, laute Ansagen und dann wieder ganz leise, die der Chor erst hören konnte, wenn er selbst ganz still war. Aber genutzt hatte seine ganze Kunst nicht viel.

Als er müde und enttäuscht, aber dann auch wieder froh über das Ende des unseligen Treibens, in einer Ecke des Übungsraums seine Tasche packte und gerade seinem Freund Jörg – einem der wenigen, die ihn unterstützt hatten – ein frohes Fest wünschen wollte, geschah es. Es fühlte sich an, als würde ihm jemand eine Wolldecke über den Kopf werfen oder als presste ihm jemand zwei Federkissen rechts und links gegen die Ohren. Er hörte nichts mehr. Wie mit einem Schlag waren die Gespräche der Altstimmen abgeschnitten, das heisere Lachen der Bässe, die Verabredungen zum Bier hinterher. Nicht mehr zu hören waren die Schritte auf der Treppe, das Quietschen der Drehtür, das Zuschlagen der ersten Autotüren auf dem Parkplatz unten vor der Mehrzweckhalle. Und in dem Augenblick, als er sie nicht mehr hörte, wusste er plötzlich, dass er alle diese Geräusche gehört hatte. Er hatte sie einfach nicht mehr wahrgenommen, hatte sie ausgefiltert. Plötzlich waren sie fort. Mit keinem seiner Sinne mehr zu greifen.

Einige Gesichter um ihn her schauten ihn fragend an, als er die Hände auf die Ohrmuscheln presste und wieder losließ, die

Zeigefingerspitzen in die Ohren steckte und hin und her bewegte. Renate aus dem Sopran schien etwas zu ihm zu sagen. Katharina lachte, als ob sie meinte, er schauspielere. Frank, vom Chorvorstand, zeigte auf seine eigenen Ohren und bewegte die Lippen. Er verstand sie alle nicht, und ihre wachsende Neugier war ihm zunehmend peinlich. Dann, als ihm auch noch schwindelig wurde und er mit der Linken Halt an dem großen dunkelbraunen Notenschrank suchte, war ihm alles gleich. Er sah nur noch, dass die Mienen der anderen immer ratloser und schließlich sehr ernst wurden.

Die Sänger brauchten eine ganze Weile, bis sie ihn auf einen Stuhl gesetzt hatten. Sie boten ihm ein Glas Wasser an, aber er wehrte entrüstet ab. So krank war er nun auch wieder nicht. War er überhaupt krank? Klar – er hatte von Hörstürzen gehört und er wusste, dass sie zum Teil auf Stress zurückzuführen waren. Den hatte er in den letzten Wochen nun wirklich reichlich gehabt: die musikalische Umrahmung der Weihnachtsfeier von Kulturverein und Volkshochschule und das große Adventskonzert mit dem Schulorchester in der Stadthalle. Immer war er bis an die Grenzen seiner Kräfte gegangen, hatte Noten geschrieben, einzeln mit den Männerstimmen geprobt, Programme entworfen und wieder verworfen und schließlich noch die grafische Gestaltung der Einladungsplakate überwacht. Fast beiläufig hatte er das eigene Weihnachtsfest seiner Familie vorbereitet, und da gab es immer noch das eine oder andere Geschenk in seinem Notizbuch, das er bis jetzt noch nicht hatte kaufen können. Aber dass er wirklich krank war, wollte ihm nicht in den Kopf.

Schließlich ließ er sich dann doch von zwei stämmigen Bässen unterhaken, aus dem Probenraum führen und nach unten auf die Straße begleiten, wohin man bereits ein Taxi bestellt hatte. Keinen Laut bekam er mit – nicht das Öffnen, nicht das Zuschlagen der Türen, nicht das Zuschnappen des Sicherheitsgurtes, nicht das Starten des Motors. Eine Weile fragte er sich, wohin der Wagen überhaupt fuhr, und wehrte sich gegen den Gedanken solcher Fremdbestimmung, aber beim Durchfahren der Schranke vor dem Klinikgelände ergab er sich fast dankbar in sein Schicksal.

War das die Ruhe, die er sich den ganzen Abend gewünscht hatte? Unwillkürlich fragte er sich das wenig später in seinem Bett in Zimmer 322. War das die berühmte Weihnachtsstille? Nein, so konkret hatte er das natürlich nicht gemeint. Denn hören wollte er doch etwas von Weihnachten – die Karten für Händels Messias lagen schon zu Hause in der Schreibtischschublade. Hören wollte er die Lieder aus den Lautsprechern in den Läden, das Glockengeläut von den Kirchtürmen, das Singen in der Kirche und das, was die Engel den Hirten in der Weihnachtsgeschichte verkündigten. Hören wollte er doch das Knistern beim Auspacken der Geschenke, das erstaunte »Woher wusstest du, dass ich mir das wünsche?« seiner Frau oder das erhoffte »Dankeschön, Papa!« der Kinder. Sollte der Hörsturz das alles verstummen lassen? Nein, so wörtlich war das mit der Stillen Nacht und dem »Ohren zu« nun wirklich nicht gemeint gewesen.

Die Infusion tropfte leise vor sich hin. Der Arzt hatte ihm freundlicherweise eine Erklärung dazu aufgeschrieben: »Es ist gut, dass Sie sofort in die Klinik gekommen sind. Wir versuchen, Ihre sehr ernst zu nehmende beidseitige Ertaubung mit durchblutungsfördernden Mitteln und Kortison zu behandeln. Es ist wichtig, dass die Infusion nicht unterbrochen wird. Das bringt die besten Heilungschancen.« Ob es überhaupt eine Heilung geben würde?

Der Bettnachbar erhob sich halb aus den Kissen und sagte etwas zu ihm. Dann sagte er es anscheinend noch einmal lauter, denn sein Gesichtsausdruck war noch etwas engagierter. Als ob er vergessen hätte, dass bei vollständiger Taubheit auch die Lautstärke nichts nützt. Dafür nahmen die Augen nun mehr wahr – die abgeschabten Seitenteile des Klinikbetts, die frischen Blumen, die seine Frau ihm gleich bei ihrem ersten Besuch mitgebracht hatte, und die verblichenen Drucke von expressionistischen Gartenlandschaften an der Wand, die wohl einmal die Stimmung der Patienten heben sollten, aber ihn jetzt eher deprimierten. Dass um das sparsame Adventsgesteck auf dem viereckigen Tisch des Krankenzimmers inzwischen vierunddreißig Tannennadeln lagen, sahen seine Augen ebenso gestochen scharf wie die Unterüberschriften der Zeitung in den Händen seines Nachbarn.

Viel klarer sah auch sein inneres Auge auf manche Selbstverständlichkeiten seines bisherigen Lebens. Hätte er überhaupt eine klare Vorstellung von Weihnachten, wenn er von Geburt an taub gewesen wäre, wenn da diese viele Jahre lang gehörten Geräusche nicht gewesen wären – kein Knistern der Kerzen am Weihnachtsbaum, keine verheißungsvoll brutzelnde Gans im Ofen, keine stimmungsvollen Lieder vor bayerischer Bergdorfkulisse im Fernsehen? Wäre denn unter diesen Umständen der Heilige Abend überhaupt ein Tag, der die Bezeichnung »Fest« verdiente?

Mehr um sich abzulenken, aber dann auch aus einem nostalgischen Gefühl heraus, nahm er die kleine Bibel vom Nachttisch, die er bei seiner Ankunft in der Schublade vorgefunden hatte, und begann die Weihnachtsgeschichte zu suchen. Das Buch fühlte sich an wie jedes andere Buch, aber doch war das Lesen anders als sonst, denn ihm fehlte das Rascheln der Seiten beim Umblättern. Es dauerte eine Weile, bis er auf einer Seite mit der Überschrift »Lukas« die vertrauten Worte gefunden hatte: »Es begab sich aber zu der Zeit …« Ganz anders las sich der Satz von der »Freude, die allem Volke widerfahren wird« in seiner Situation. Dieser Satz war wohl nichts für jemanden, dem gerade die Fähigkeit zum Hören abhanden gekommen war. Aber obwohl die Engel und die Hirten in der Geschichte viel miteinander redeten – und damit irgendwie die Gehörlosen ausschlossen – gab es doch auch viel zu sehen in der Heiligen

Nacht. Schließlich forderte der Engel die verängstigten Männer bei den Schafen auf: »Siehe!«

Aber in einem Satz ganz zum Schluss – sicher viele Male gehört, doch bisher wohl nie begriffen – fand er seine Situation am besten beschrieben: »Maria aber behielt alle diese Worte und bewegte sie in ihrem Herzen.« Wieso hatte er das noch nie so verstanden wie heute? War er für diesen Satz all die Jahre hindurch taub gewesen? Wenn das sein Weihnachtserlebnis sein könnte! Vielleicht nicht mehr äußerlich das zu hören, was er so viele Jahre seines Lebens gehört hatte, aber dieses Geschehen ganz intensiv im Inneren zu erleben. Nicht nach dem zweiten Feiertag das »Gloria in excelsis« wieder auszublenden, weil es von anderen Geräuschen überlagert wurde. Nicht das Fest an einer Jahreszeit festzumachen, sondern die Nachricht von Gottes Ankunft auf der Erde tief innen mit in die Winterstunden, die Frühlingstage, die Sommerwochen und die Herbstmonate zu tragen. Nicht eine Einmalinjektion am Jahresende zu bekommen, sondern eine stetige Infusion an jedem Tag des Jahres, die seine Seele heilte. Und nicht einfach alles als kulturelles Gepäck mitzuschleppen, sondern es im Herzen zu bewegen.

Als er aufwachte, musste er sich in der Wirklichkeit des Krankenzimmers erst einmal zurechtfinden. Ja, er lag tatsächlich hier, und heute war Heiliger Abend. Die Tropfen fielen immer noch stetig in das Plastikröhrchen unterhalb der Infusionsflasche. Durch die zugezogenen dunkelgrünen Vorhänge ließ sich die Morgendämmerung erahnen. Die Tür ging auf. Eine stämmige junge Schwester, die er bisher noch nicht gesehen hatte, trat mit einem Blutdruckmessgerät in der linken Hand und einem Schreibbrett unter dem Arm an sein Bett. Sie hatte lange, blonde, in einen Pferdeschwanz mündende Haare und bewegte sich trotz der frühen Stunde mit munteren Schritten auf ihn zu. Ihre Augen prüften die Infusion, und dann kontrollierte ihre rechte Hand die Tropfgeschwindigkeit am Einstellrad.

Nach einem Blick auf seine bisherigen Daten schaute sie ihn

an und sagte: »So, ich werde Ihnen jetzt mal den Blutdruck messen. Nachher kommt der Stationsarzt und entscheidet, welche Medikamente Sie heute noch bekommen. Und dann wollen wir mal hoffen, dass Sie schon bald wieder etwas hören können.«

»Ja, das hoffe ich auch«, sagte er.

Gerrit Pithan

Die Stille der Sistina

»Ruhe, bitte Ruhe!«, hatte Marcello wie schon so oft in das Mikrofon gerufen. »Silenzio!« Und tatsächlich, es wurde ruhiger. Aber plötzlich schaute er erstaunt um sich, denn es herrschte absolute Stille in der Sixtinischen Kapelle.

Die Touristen waren nicht etwas leiser geworden, sondern es war still, als hätte man mit einer Handbewegung am Radio den Ton abgedreht. Die Menschen drängten sich wie sonst auch, zeigten mit den Fingern, blickten mit Operngläsern zu Michelangelos Fresken und – redeten. Kein Zweifel, sie redeten. Aber Marcello hörte keinen Laut. Irritiert klopfte er mit seinem Finger auf das Mikrofon. Nichts. Er steckte einen Finger in sein rechtes Ohr und wackelte damit hin und her. Stille. Dann sah er seinen Kollegen Luigi, der ein paar Jugendliche von den Altarstufen verscheuchte.

»Luigi!«, rief er. Kein Ton. Luigi beachtete ihn nicht. Aber nicht nur sein Kollege hörte ihn nicht, er selbst konnte seine eigene Stimme nicht hören. Marcello ging auf Luigi zu und zupfte ihn am Ärmel. Als sie die Sistina verlassen hatten, versuchte er ihm zu erklären, dass er nichts mehr hören konnte. Sein Kollege redete auf ihn ein, wie er an seinen Lippen sehen konnte. Marcello kramte einen Zettel aus der Innentasche seiner Uniform hervor und schrieb: »Ich kann nichts hören. Ich kann nicht sprechen. Hilf mir!«

Drei Wochen war das jetzt her, und der November neigte sich dem Ende zu. Carlotta, seine Frau, war mit ihm zum Arzt gegangen, der ihn gründlich untersucht hatte. Abschließend zuckte der Dottore mit den Schultern: Organisch war nichts zu finden. Seine Frau hatte geweint, bis sie sich sagte, dass sie stark sein müsse. Deshalb begann sie zu jeder Tages- und Nachtzeit Kamillentee zu kochen, denn Marcello müsse sich beruhigen, dann komme seine Gesundheit schon wieder.

Marcello war bis auf Weiteres krankgeschrieben, obwohl er sich bis auf Gehör und Stimme putzmunter fühlte. Es waren nur noch zwei Jahre bis zu seiner Rente, wie er seinem Vorgesetzten im Vatikan klarzumachen versuchte.

»Wir haben zwar hier einen guten Draht nach oben«, schrieb dieser ihm auf, »aber auch wir müssen der Sorgfaltspflicht eines Arbeitgebers genügen.«

Und nun lief Marcello Tag für Tag als Besucher durch die Säle der Vatikanischen Museen. Seine Kollegen grüßten ihn, und er grüßte zurück; mehr Kommunikation war ohne Zettel nicht möglich. Manchmal war er versucht, beim Grüßen an seine Uniformmütze zu tippen, bis er sich wieder schmerzlich bewusst wurde, dass er ungewohntes Zivil trug.

Wenn das Museum schloss, setzte er sich noch für eine Stunde in die menschenleere Sistina, in der alles begonnen hatte. Luigi hatte anfangs versucht, ihn davon abzuhalten. Da hatte er Luigis Hand genommen und ihm stumm in die Augen geschaut. Luigi waren die Tränen gekommen. Er umarmte ihn. Näher waren sie sich in all den Jahren vorher nie gewesen. Jetzt lächelte er, wenn Marcello am Ende des Tages die Sistina betrat.

Dann war Carlotta mit ihm zu einem Psychologen gegangen.

Auch hier war die Kommunikation mühsam und das Ergebnis dementsprechend unbefriedigend. Ja, die Taubheit könne durch Stress ausgelöst worden sein.

Warum er dann auch stumm sei? Die körperlichen Reaktionen auf seelische Anspannung seien immer sehr individuell.

Heilungschancen? Man müsse Geduld haben. Manchmal heile sich die Natur selbst.

Und dafür musste man Geld zahlen! Die einzige spürbare Auswirkung dieses Besuches war, dass Carlotta von Kamille- zu Fencheltee wechselte.

Am Abend nahm Marcello seinen Dienstschlüssel und ging in die Sistina, um sich zu erholen. In ihm brodelte es. Warum das? Warum mir? Was habe ich getan? Warum lässt Gott das zu?

Plötzlich öffnete sich eine Seitentür, und Kardinal Tateo betrat die Kapelle. Erstaunt blieb er stehen, als er Marcello dort sitzen sah. Es dauerte einen Moment, bis er in ihm auch ohne Uniform einen der dienstältesten Wärter erkannte.

»Marcello, was tun Sie hier um diese Zeit? Gehen Sie bitte, Seine Heiligkeit kommt gleich, um zu beten.«

Marcello reagierte nicht.

Tateo fiel ein, dass er von der merkwürdigen Erkrankung des Wärters gehört hatte. Auch wenn der Vatikan die Zentrale einer Weltkirche war – bei solchen Themen waren die Bürger des Vatikanstaates eine Tratschgemeinschaft wie alle anderen menschlichen Gruppierungen auch. Tateo setzte sich und versuchte sich in einer pantomimischen Erklärung. Er hielt beide Hände in Form einer Mitra über den Kopf, ließ zwei Finger über seinen Handrücken wandern und faltete abschließend die Hände zum Gebet.

Marcello verstand und erhob sich, aber da betrat der Papst schon die Kapelle. Der Kardinal flatterte aufgeregt mit seinem Gewand und erklärte flüsternd dem Papst die Situation.

»Du kannst nicht hören und nicht sprechen, mein Sohn? –

Wenn ich es recht bedenke, ein fast beneidenswerter Zustand. Vielleicht hat deine Erkrankung einen Sinn. Geh in die Sistina, wann immer du willst.«

Er segnete ihn.

Kardinal Tateo geleitete Marcello hinaus und schrieb ihm hastig auf, was der Papst gesagt hatte. Dann eilte er zurück.

Marcello drehte den Zettel in der Hand. Erst Selbstironie, dann Segen. Was sollte er davon halten? Er faltete den Zettel und steckte ihn in sein Jackett.

Zu Hause fand er neben seiner besorgten Frau seinen Sohn Giovanni vor. Giovanni war seit zwei Jahren Priester in der Nähe von Siena.

»Mama, ich weiß gar nicht, was du hast«, rief er. »Er sieht doch gut aus.«

Marcello hatte den Eindruck, als spräche sein Sohn überdeutlich und viel zu laut. Er nahm seinen Notizblock: »Schrei nicht! Ich höre keinen Ton.«

Angesichts dieser Nüchternheit schien sich die Anspannung von Giovanni etwas zu lösen. Carlotta brachte ihnen Milch.

»Die beruhigt«, meinte sie und warf dann nur noch hin und wieder einen Blick aus der Küche auf *ihre Männer.*

Der junge Priester fragte seinen Vater aus, und dieser schrieb geduldig das Unerklärliche auf seinen Block. Nein, es war nichts Besonderes an diesem Tag oder davor geschehen. Nein, es waren nicht mehr Touristen als sonst in der Sistina gewesen. Nein, es war auch nicht lauter als üblich gewesen. Nein, er hatte auch nichts zu sich genommen, das ihm nicht bekommen wäre.

Beim Abendessen schüttelte Giovanni den Kopf und schrieb: »Du kommst mir vor wie der Priester Zacharias in der Weihnachtsgeschichte, dem im Tempel Ähnliches zustieß.«

»Werde mir bloß nicht schwanger«, rief er seiner Mutter zu, »du hast schon einen Giovanni! Ich mag allerdings weder Honig noch Heuschrecken.«

»Jetzt bist du Priester und redest immer noch einen Blödsinn wie als kleiner Junge!«, schimpfte Carlotta.

Marcello berührte Giovanni, bis dieser seine Bemerkung aufschrieb.

Ein Lächeln huschte über die Züge seines Vaters. »Wie kommst du darauf?«

»Übermorgen ist der 1. Advent«, schrieb sein Sohn.

Sein Sohn reiste wieder ab, während Marcello wieder Tag für Tag durch die Säle des Museums wanderte. Anfangs war er dorthin gegangen, weil es für ihn Normalität und Routine darstellte. Doch das konnte er nicht durchhalten. Die Normalität war durchbrochen. Sein Sohn hatte nur gescherzt, aber der Scherz ging ihm nicht mehr aus dem Sinn. Sollte die Stille ein Zeichen Gottes sein wie bei Zacharias? Die Frage war absurd, aber es war eine Erleichterung, eine Alternative zur Krankheitsvermutung zu haben. Marcello überlegte, wem er dazu Fragen stellen könnte. Es gab so viele Priester im Vatikan, jeden Ranges, jeder theologischen Couleur; nur wer für sein Problem geeignet war, darauf fand er keine Antwort. Doch dann fiel ihm Monsignore Sistrum, der wortkarge Priester aus der Vatikanischen Bibliothek, ein. Monsignore Sistrum, er kannte nur diesen Spitznamen, denn er hatte eine unangenehm misstönende Stimme. Vielleicht war er deshalb so schweigsam oder wegen der unübersehbaren Bücherflut in der Bibliothek.

Marcello fasste sein Problem und die Zacharias-Theorie in einem Brief zusammen und suchte den Monsignore auf.

Dieser schaute auf, nahm den Brief entgegen und wies ihm durch Nicken einen Platz zu. Der Priester ließ sich Zeit mit der Lektüre, dann legte er den Brief sorgsam vor sich auf den Schreibtisch, um mit einem langen Blick Marcellos Gesicht zu erforschen. Schließlich nahm er ein Blatt Papier und schrieb einen Satz auf: »Komm morgen wieder, ich möchte nachdenken.«

Monsignore Sistrum war auch in schriftlicher Form kurz angebunden.

Als er ihn am folgenden Tag wieder aufsuchte, schob ihm der Priester einen neuen Zettel zu. »Ist die Stille in dir oder umgibt sie dich?«

Ratlos schaute ihn Marcello an. Monsignore Sistrum wedelte mit der Hand und seine Lippen formten die Worte: »Denk nach!«

Am Abend in der Sistina schlug er die Hände vor das Gesicht. Er war verzweifelt, aber er wollte die Stille erforschen. Langsam, schleichend, mit lähmender Macht schien die Stille den Kreis um ihn enger zu ziehen, als wollte sie ihn ersticken. In ihm tobte es. Es schien wie finstere Gewalt, der er sich zu erwehren suchte. Gedanken schossen durch seinen Kopf. Erinnerungen, Zukunftsängste, Bilder Carlottas, das Museum, die Ärzte, der Papst, Giovanni als kleines Kind, sein Kollege Luigi, Monsignore Sistrum, seine Wohnung, die Fresken Michelangelos und, und, und. Sein Atem ging stoßweise, als wäre er gerannt.

»Die Stille ist wie ein Berg aus Federn«, schrieb er. »Eine Welt aus weißem Flanell, die mich zu ersticken droht. Alles in mir bäumt sich dagegen auf. Alles schreit dagegen an.«

Monsignore Sistrum schwieg lange. Dann schraubte er seinen Füllfederhalter auf. »Wehre dich nicht. Schreib auf, was für Gedanken und Bilder auf dich einströmen. Schreib alles auf und lege es beiseite.«

Tag um Tag kämpfte er mit sich, mit der Stille, mit den Gedanken. »Zacharias«, dachte er, »hast du das auch erlebt?« Er schaute in die Bibel, aber der Text schwieg dazu. Zacharias war stumm wie der Text. Das einzige, was ihm auffiel, war, dass dort nichts von Taubheit stand. Zacharias war nur stumm gewesen.

Carlotta schlich misstrauisch um ihn herum, als sie entdeckte, dass er die Bibel las. Er sah, dass sie telefonierte, wahrscheinlich mit Giovanni. Immerhin beendete sie die Milchkur, mit der sie ihn zu heilen versucht hatte. Er bekam jetzt Espresso.

Vielleicht musste er sich nicht beruhigen, sondern die Lebensgeister wecken.

Er schob die störende Außenwelt von sich und ergab sich der Stille; sie hatte seinen Aufruhr besiegt.

Sieben Tage vergingen, bevor er wieder die Vatikanische Bibliothek aufsuchte.

»Die Stille ist wie ein endloses Feld von metertiefem Neuschnee. Ich möchte mich hineinwerfen, darin versinken und schlafen, endlos schlafen«, schrieb er.

Fast ungehalten tippte der Monsignore mit dem Füller auf die Unterlage, bevor er schrieb: »Löse dich von deinen Träumen, von deinen Wünschen und von deinen Sehnsüchten«, stand in gnadenlos exakter Schrift auf dem Papier. »Die Stille Gottes ist keine Droge.«

Marcello wollte aufbegehren. »Ist es denn Gottes Stille?«, dachte er. Aber er biss nur die Zähne zusammen.

Wieder vergingen Tage, in denen er die Sistina besuchte und sich von Carlottas Espresso aufputschen ließ. Er nahm ab, hatte Ringe unter den Augen und schlief kaum noch.

»Die Stille ist mir zum Spiegel geworden, gleißend und hart. Ohne Gnade sehe ich mich, wie ich bin.«

Monsignore Sistrum ging um seinen Tisch herum und legte ihm die Hand auf die Schulter. Marcello schluckte. »Ich kann nicht mehr«, formten seine Lippen tonlos.

»Ist der Spiegel ohne Gnade – oder ist es dein Blick auf dich selbst?«

Erschöpft schrieb Marcello nur ein Wort: »Beides.«

Der Monsignore strich das Wort mit einem dicken Strich durch. »Ungnade ist immer in uns selbst. Wir selbst sprechen uns das Urteil. ›Seid stille und erkennt, dass ich Gott bin‹, schreibt der Psalmist. Du hast in die Stille, den Spiegel Gottes geschaut, jetzt schau auf. Wir müssen in der Tiefe sein, bevor wir aufschauen können.« Seine Hand zögerte einen Moment. »Lies Psalm 62 und schau auf!«

Marcello saß in der Sistina und las: »Meine Seele ist stille zu Gott, der mir hilft.« Er hatte den Text inzwischen so oft gelesen, dass er ihn fast auswendig konnte. Seine Bibellektüre hatte die Sorgen Carlottas weiter vergrößert. Gut, Giovanni war Priester, für ihn gehörte es sich, die Bibel zu lesen. Aber für einen Museumswärter fand sie es gefährlich. Marcello sah, wie sie auf ihn einredete, und er war fast froh, dass er sie nicht hören konnte. Als ihr Wortschwall in seiner Stille versickert war, schenkte sie ihm Grappa ein, vielleicht würde ihn der Alkohol wieder normal werden lassen.

»Stille. Meine Seele ist stille zu Gott.« Stille war kein Vakuum, sie war nicht das Fehlen von Geräuschen. Stille war etwas. Stille hatte eine Richtung. Marcello hatte die Stille als eine Anrede erfahren, zuerst unerträglich, zuletzt unverzichtbar. »Meine Seele ist stille zu Gott. Meine Stille ist die Antwort auf seine Stille. Seine Stille macht meine erst möglich.« Er schrieb diesen Gedanken für Monsignore Sistrum auf.

Der Monsignore lächelte und schrieb, dass das Wort »Stille« im Deutschen eine zusätzliche Bedeutung habe. Eine Mutter, die ihr Kind säugt, »stillt« es.

Marcello dachte einen Moment darüber nach und nickte. »Ich dürste«, schrieb er, »und mein Verlangen wird gestillt. Dennoch trinke ich weiter und werde erneut erfüllt und dürste weiter. Ein Kreislauf von Verlangen und Erfüllung.«

Er zögerte, dann beschrieb er einen neuen Zettel. »Und gleichzeitig die Angst. Nicht meine, ich sehe die Angst meiner Frau, ich spüre ihre Blicke, die mich voll Sorge verfolgen. Am liebsten würde sie mir den Austausch mit Ihnen verbieten. Wird es so bleiben? Kann ich ihr etwas von dem, was ich erlebe, mitteilen, es wirklich mit ihr teilen? Morgen ist der 3. Advent. Sie fürchtet die Feiertage, die Festlichkeiten, das Glück, das wir so nicht mehr haben.«

Erneut schrieb der Monsignore: »Schau auf!«

Und Marcello schaute auf zu den Bildern der Sistina. Sie waren schon immer dort gewesen, ein bunter Strudel von Leibern. Etwas, was man immer sieht, sieht man gar nicht. Michelangelos Fresken waren für ihn ein buntes Muster gewesen, eine kostbare Tapete, die von den Leuten bestaunt wurde. Wenn er jetzt abends allein in der Sistina saß, schaute er zu dem Getümmel unter der Decke und zum Jüngsten Gericht an der Altarwand. Durch ein Opernglas musterte er die Figuren und stutzte eines Tages. Langsam bewegte er sich durch die Kapelle. Sein Blick glitt über die vergrößerten Gestalten der Propheten und Sibyllen. Sie lasen, sie blickten, sie zeigten, aber keiner von ihnen sprach. Alle verharrten in Stille. Bei Jesaja hatte er den Eindruck, er wolle anheben zu reden. Als atme er ein, bevor das Wort seine Lippen verlassen würde. Über dem Eingang entdeckte er seinen Leidensgenossen Zacharias, der in einem Buch las.

Von der Altarwand bis zum Eingang sah er die Erschaffung der Welt und das Anwachsen der Sünde auf Erden. Der Beginn der Schöpfung stieß an das Jüngste Gericht hinter dem Altar. Anfang und Ende der Zeit berührten sich. Und was war am Anfang der Zeit, bevor Gott sprach und schuf? Was würde am Ende der Zeit sein? Er wurde sich ganz sicher: die Stille Gottes. Selbst das Gericht vollzog sich in Schweigen. Die Toten standen ohne einen Laut auf. Ihre geöffneten Münder schienen nur einzuatmen und zu staunen. Die Seligen scharten sich still um Christus. Einzig die Gottlosen schienen zu stöhnen, und Engel bliesen in der Mitte die apokalyptischen Posaunen. Aber das schien das gewaltige Schweigen des Endes nur zu unterstreichen. Michelangelos einzigartige Fresken umhüllten die Stille Gottes.

Vor Aufregung zitternd lief Marcello zur Vatikanischen Bibliothek und zerrte den erstaunten Monsignore mit sich. Zettel um Zettel beschrieb er und wies auf die Bilder. Die Freude der Erkenntnis steckte den Priester an. Erschöpft saßen sie nebeneinander und wiesen sich gegenseitig auf Details der Bilder hin.

Zwanzig Minuten verstrichen, bis Marcello wieder zum Stift griff. »Was ist mit Christus?«

Der Monsignore hob fragend die Brauen.

»Warum kommt Christus in diesem riesigen Freskenzyklus nur einmal vor und dann als Weltenrichter?«

Monsignore Sistrum überlegte einen Augenblick, bevor er schrieb: »Dort steht der Altar. Dort feiern wir die Messe und gedenken der Kreuzigung Christi. Das Scheitern Gottes am Kreuz war öffentlich und laut. Alle haben es gesehen. Gott ist tot. Die Auferstehung geschah in der Stille. Niemand hat sie gesehen. Und nur wenige sahen den Auferstandenen. Genauso die Menschwerdung Gottes, keiner weiß Genaues. Die Evangelisten berichten äußerst unterschiedlich darüber. Beides sind Mysterien, die in das Schweigen Gottes gehüllt sind.«

Marcello nickte. Und wieder überließen sich die beiden der Stille der Sistina.

Plötzlich öffnete sich eine Tür und Kardinal Tateo hastete in die Kapelle. Wie angewurzelt blieb er stehen.

»Nicht schon wieder!«, rief er, als er die beiden erkannte. »Geht, geht!« Er wedelte mit den Armen. »Seine Heiligkeit kommt.«

Der Monsignore sprang auf und zog Marcello so schnell mit sich, dass alle Zettel zu Boden fielen.

Als sich der Papst vom Gebet erhob, wies er fragend auf die Zettel. Tateo hob zu einer wortreichen Erklärung an, aber der Papst schnitt ihm das Wort ab. Er befahl ihm, die Zettel aufzuheben. Dann setzte er sich hin und las.

Zwei Tage später verbrachte Marcello wieder die Nacht in der Sistina. Erst im Morgengrauen verließ er sie, um nach Hause zu gehen. Als er auf den Petersplatz trat, hörte er die Glocken Roms. Sie verkündeten die Geburt Christi. Dann hörte er einen

Linienbus, der um die Arkaden des Platzes fuhr, die schlurfenden Schritte einer alten Nonne, das Wasser der beiden Brunnen, die Tauben und schließlich sein eigenes Lachen.

So wie in diesem Jahr hatte er Weihnachten noch nie gefeiert. Nach den Feiertagen trat er seinen Dienst wieder an. Wie früher stand er nun Tag für Tag in der Sistina, aber es war anders geworden.

»Silenzio!«, rief er, aber er sprach das Wort wie den Kosenamen einer Geliebten aus.

Jürgen Werth

4'33

»Ruhe bitte! Ruhe!« Der Moderator des klassischen Konzerts im piekfeinen Konzertsaal von Harvard konnte das Zischeln und Tuscheln im Publikum kaum noch eindämmen. Schwarzbefrackt und abendgekleidet warteten die 426 zahlenden Besucher nun schon seit dreieinhalb Minuten darauf, dass es endlich losging.

Zu einer Premiere waren sie gekommen. Ein neues Klavierstück des amerikanischen Komponisten John Cage sollte an diesem Abend uraufgeführt werden. Der Titel klang merkwürdig. Aber das war man bei John Cage gewöhnt. 4'33. Ein Datum in der Geschichte? Eine Ortsbestimmung? Eine Zeitangabe?

Viele John-Cage-Fans waren gekommen. Gespannt, was der Meister sich diesmal ausgedacht hatte. Der Meister der musikalischen Avantgarde, der immer für eine Überraschung gut war.

Aber es waren auch andere im Saal. Freunde klassischer Musik schlechthin. Abonnenten der kompletten Konzertsaison, die sich doch eher auf das restliche Angebot des Abends freuten und den neuen Cage eher zu ertragen als zu genießen gedachten. Die Werke für »präpariertes Klavier« waren ihnen noch in nicht allzu guter Erinnerung. Und seiner Vorliebe, Alltagsgeräusche in das einzubeziehen, was er Musik nannte, konnten sie so gar nichts abgewinnen.

Aber es ging so gar nicht los. Obwohl der Pianist, David Tudor, schon vor, na inzwischen über vier Minuten an seinem Flügel Platz genommen hatte. Ein Schwächeanfall? Ein Herzinfarkt gar? Zitterten seine Finger? Oder hatte er am Ende seine Noten vergessen?

»Ruhe bitte! Ruhe!« Noch einmal gab der Moderator stimmlich alles.

Als sich David Tudor plötzlich und völlig unerwartet von seinem Klavierhocker erhob und – sich vor dem Publikum verneigte.

Das war nun gänzlich irritiert.

Zunächst.

Bis, ja – bis die ersten verstanden und zaghaft zu klatschen begannen.

4'33 – das war ein neuer Geniestreich des genialen John Cage. 4'33 – das waren vier Minuten und 33 Sekunden – nichts!

Das heißt, nein, nicht nichts. 4'33 – das waren vier Minuten und 33 Sekunden Stille. Schweigen. Ruhe.

»Ruhe bitte! Ruhe!« Der Moderator hatte das Thema des Stücks in Worte gefasst. Ungewollt vermutlich. Doch seine beinahe verzweifelten Zwischenrufe gingen mit manchem Konzertbesucher nach Hause.

Auch mit Peter und Susan Wylie. Als sie ein paar Wochen später daheim unterm Weihnachtsbaum saßen, waren sie sich einig: Dieses Nicht-Klavierstück, dieses Stück Nicht-Musik, Nicht-

Klang war für sie das schönste Geschenk des Jahres gewesen. 4 Minuten und 33 Sekunden Stille. Schweigen. Ruhe.

Und sie dachten schmunzelnd, dass man dieses herrliche Stück Musik ja mit allen denkbaren Instrumenten – nicht – spielen könnte. Auf einer Panflöte zum Beispiel. Oder auf einem Xylophon. Man müsste das Instrument nicht einmal beherrschen. Und sie stellten sich die nächste Geburtstagsparty vor. »Ich spiele euch heute Abend ein Stück von John Cage auf einer mittelalterlichen Leier.« Na, das würde ein familiengeschichtliches Ereignis!

Heute Abend aber beschlossen sie nur, ein stilles Weihnachtslied – nicht – anzustimmen: »Stille Nacht, heilige Nacht.« Ohne Worte und ohne Töne. Die Nachbarn könnten zwar hinterher behaupten, es wäre überhaupt nicht gesungen worden an diesem Abend im Haus der Wylies. Doch was hatten sie schon verstanden!

Susan Wylie erzählte später, ihr sei das Wunder der Weihnacht in diesem stillen Lied ganz neu nahe gekommen. Während des Nicht-Singens nämlich habe sie sie beinahe sinnlich vernommen, die Chöre der himmlischen Heerscharen: »Euch ist heute der Heiland geboren, welcher ist Christus, der Herr!«

Ihr war in der Stille der Heiland geboren.

Und sie beschloss, sich immer wieder solche vier Minuten und 33 Sekunden zu schenken. Sich selbst und anderen. Und das nicht nur zur Weihnachtszeit.

Karin Stoletzky

Ich lag in tiefster Todesnacht …

»Ruhe, bitte Ruhe!«, flehte Schwester Anne beschwörend. Keiner schien die kleine, rundliche Frau richtig zu beachten.

Die Geschwister zischten sich gegenseitig Bissigkeiten zu. »Wenn du denkst, du kannst nach all den Jahren hier auftauchen und dich aufspielen, hast du dich geschnitten!«, kreischte Jutta fast hysterisch und fuchtelte vor der Nase ihres Bruders Hans mit dem erhobenen Zeigefinger. »Ich hab mich um Vater gekümmert, all die Jahre, und das war weiß Gott nicht einfach! Meine Herren Brüder sind ja auswärts, da bleibt alles an mir hängen. Und glaubt mir, der alte Herr war weiß Gott keine reine Freude in den letzten Jahren! Rechthaberisch, eigensinnig – aber das musstest du ja nicht aushalten!«

»Ich habe getan, was ich konnte«, konterte der Bruder wütend.

»Ruhe, bitte! Seien Sie doch etwas leiser! Ihr Vater stirbt, und Sie streiten sich!« Etwas schuldbewusst sahen die Geschwister sie an, aber die Wut war zu groß. Sie wurden zwar leiser, aber stritten sich in gedämpftem Ton doch weiter.

Schwester Anne mochte nicht mehr zuhören. Sie setzte sich wieder und nahm die Hand des alten Mannes, der mit rasselndem Atem im Bett vor sich hin dämmerte. Schnappatmung – es würde nicht mehr lange dauern.

»Herr, hilf uns allen, aber vor allem ihm!«, betete sie stumm und wärmte seine kalten Finger in ihrer warmen Hand. Seine Finger waren klamm und feucht, die Haut blau marmoriert. Die Lippen des leicht geöffneten Mundes zitterten leise, als wolle er etwas sagen. Schwester Anne beugte sich näher, aber bei dem Lärm der streitenden Familie um sie herum konnte sie nichts verstehen. Am liebsten hätte sie alle vor die Tür gesetzt.

Aber es war nun mal seine Familie, und Anne wusste, wie lange er auf ihren Besuch gewartet hatte.

»Weihnachten sind alle da, bis Weihnachten muss ich noch durchhalten!«, hatte er oft zu ihr gesagt. So schwach und krank wie er war, hatte er sich zäh ans Leben geklammert.

Jetzt war es so weit, und auch wenn alles nicht so war, wie sie es sich für ihn erhofft hatte – sie hatten ein Recht, hier zu sein. Und es war sein Wunsch.

Sacht streichelte sie die Hand des alten Mannes und versuchte ihn mit ihrem Körper etwas von dem Krawall um ihn herum abzuschirmen.

Der alte Walter Hinze trieb durch das Meer seiner Erinnerungen. Irgendetwas störte ihn, da war viel Unruhe um ihn herum. Aber er war ein junger, stattlicher Mann und sehr verliebt. Seine Freundin hatte das schönste Haar der Welt, rotgold, und blaue Augen. Es war Krieg, aber seine Liebe machte aus allem trotzdem eine schöne Zeit. Im Traugottesdienst versprach er, für sie da zu sein – und das hatte er auch gehalten, so gut er konnte. Seine Tina war ein Gottesgeschenk, auch, wenn sie nicht nur gute Tage miteinander hatten.

Kurz darauf hielt er seinen Jungen im Arm: Hans, sein Erster. Ganz feiner, blonder Flaum auf dem winzigen Köpfchen und so winzige Finger, die sich vertrauensvoll um seinen großen legten und ihn festhielten. Wie durch Watte hörte er laute, streitende Stimmen; aber er spürte auch die sanfte Berührung einer Hand.

Es war Weihnachten, und seine kleine Tochter lag im Körbchen unter dem bunt geschmückten Weihnachtsbaum: Jutta. Ganz stolz zeigte ihr großer Bruder ihr seine Spielsachen, und die Kleine gluckste vor Vergnügen und strahlte ihn an. Der Hans und die Jutta, die hatten sich mal so sehr geliebt. Wann hatte das eigentlich aufgehört? Wann hatte er aufgehört, seine Kinder mit so viel Stolz und Glück zu betrachten, wie er es damals noch getan hatte? So vieles, was er ihnen viel zu wenig gesagt, viel zu wenig gezeigt hatte.

Weihnachten, das war für die Familie immer etwas Besonderes gewesen. Seine Tina hatte das Fest geliebt. »Uns ist heute der Heiland geboren!«, hatte sie ihn an jedem Weihnachtsmorgen begrüßt, und ihr Gesicht strahlte dabei wie der Weihnachtsstern.

Er sah ihr Gesicht durch all die Jahre: ganz jung zuerst, dann älter, reifer, zuletzt ihr freundliches Runzelgesicht mit den immer noch strahlenden, blauen Augen ... Wie ging noch ihr Lieblingslied? »Ich steh an deiner Krippen hier, o Jesus, du mein Leben. Ich komme, bring und schenke dir, was du mir hast gegeben. Nimm hin, es ist mein Geist und Sinn. Herz, Seel' und Mut – nimm alles hin, nimm alles hin ...«

Was war das nur für ein Lärm? Es war ihm, als würde er die Stimmen seiner Kinder hören. Sein Sohn Jens, sein Jüngster ... Jetzt war wieder Heiligabend. Der kleine Jens hielt glücklich sein Holzpferd in der Hand, und seine älteren Geschwister standen mit ihrer Mutter vor dem Weihnachtsbaum und sangen. »Fröhliche Weihnacht, überall!«

Und Tina, nah an seiner Seite auf dem Weg zur Kirche. Leise sang sie, und ihre Stimme tat ihm so gut, tröstete ihn so sehr: »Ich lag in tiefster Todesnacht, du warest meine Sonne, die Sonne, die mir zugebracht Licht, Leben, Freud und Wonne ...«

»Ruhe, bitte!« Schwester Anne spürte die Unruhe des Sterbenden, und langsam hatte sie von dieser Familie wirklich genug. Sie war eine geduldige und eher schüchterne Person, aber was genug war, war genug. Entschlossen stand sie auf und baute sich inmitten der streitenden Geschwister auf. »Ihr Vater lebt noch. Wollen Sie sich hier weiter streiten, oder wollen Sie sich von ihm verabschieden? Wenn Sie streiten möchten, sollten Sie das vielleicht besser draußen tun!«

Und plötzlich, in die erschrockene Stille hinein, hörten alle den alten Mann leise, qualvoll, aber ganz deutlich sagen: »Ich lag in tiefster Todesnacht ...«

Jutta strich sich über das Gesicht, als wolle sie irgendetwas fortwischen, ihre Lippen begannen zu zittern. Hans und Jens sahen sich an, fast verstohlen, schuldbewusst.

»Mamas Lieblingslied«, flüsterte Jutta und biss sich auf die Unterlippe.

»Meine Sonne ...« Fast nur ein Seufzen des alten Mannes, und Hans setzte sich still zum Vater und griff vorsichtig nach seiner Hand.

Schwester Anne machte Platz, und die anderen Geschwister folgten dem großen Bruder, setzten sich zum Vater, berührten ihn vorsichtig und sacht. Es war nicht nötig, irgendetwas zu sagen – sie waren eine Familie.

Christoph Zehendner

Immer noch kein Platz

»Ruhe, bitte Ruhe!« Sichtlich entnervt wischt sich der Aufnahmeleiter den Schweiß von der Stirn, lässt sich in einen Klappstuhl fallen, fächelt nervös mit seinem Drehbuch.

»Also noch mal ganz langsam von vorne: Ihr kippt dem Esel eine Flasche Evian in seinen Bottich und lasst die Flasche demonstrativ stehen, damit die Tierschützer nicht wieder Sturm laufen. Dem Ochsen hängt ihr das Schild ›Glückliches Rindvieh von glücklichem Bauernhof‹ um, so wie es die Landwirtschaftsministerin gefordert hat. Und dann zahlt ihr die drei Kerle aus, die wir engagiert hatten. Wir brauchen sie nicht mehr als Könige, ihr wisst ja: Die Frauenliga hat protestiert, der Verein für die Förderung junger Nachwuchsgenies und dann auch noch unser Programmdirektor, dessen Großneffe gerade die Schauspielschule besucht. Also ändern wir die Szene ab: Statt der mickrigen drei Weisen nehmen wir eine ganze Schar von jungen und alten Weisen und Weisinnen! Die kommen hier alle von links vorne durch, werfen kurz einen Blick auf die Krippe, legen im Vorbeigehen ihre Geschenke dort auf den Boden und verlassen dann so schnell wie möglich den Raum durch diese Tür hier rechts. – Alles klar?«

Maria nickt, Josef brummt, das Baby lächelt im Schlaf.

Maria flüstert ihrem Josef ins Ohr: »Ist doch ganz egal, wie viele Weisen vorbeikommen, steht doch sowieso nicht so genau in der Weihnachtsgeschichte …«

»Klappe ›Fröhliche Weihnachten‹, die 83.!« – ruft der Aufnahmeleiter. Und gibt sich dabei alle erdenkliche Mühe, in diesen kurzen Satz all seine professionelle Motivierungskunst hineinzulegen, seine Schauspieler anzustacheln, sein Team zu Höchstleistungen zu treiben. Doch seine Mühe ist vergeblich.

»Was ist denn jetzt schon wieder?«, schnauzt er seinen Assistenten an, der mitten in die Szene hineinplatzt.

»Die Hirten …!«, stammelt der Assistent, »ich meine, die Hirten und Hirtinnen …! Sie wollen die lässigen Dolce-Gabana-Dreiviertelhosen aus Sackleinen nicht anziehen, die wir ihnen nach dem Einspruch der Modebranche verpasst haben. Sie sagen, das Zeug wäre unpraktisch in einem Stall, das wäre eher was für feine Pinkel … Sie sagen …«

»Gar nichts sagen die mehr!«, brüllt der Aufnahmeleiter, dem offensichtlich gerade der Kragen geplatzt ist. »Jetzt ist Schluss. Wir haben Rücksicht auf die buddhistische Internationale genommen und einen Typen mit asiatischen Gesichtszügen ins Team geholt. Wir haben den Engeln züchtige Kleidchen ohne tiefen Ausschnitt angezogen, um den Emanzenklub nicht zu verärgern. Auf Wunsch des Einzelhandelsverbands lassen wir statt Gold, Weihrauch und Myrrhe IBM-Laptops, Nikon-Digitalkameras, PUMA-Fußbälle und Aldi-Heizdecken als Geschenke vor die Krippe werfen. Sämtliche Proteste, Einwände, Vorschläge von sämtlichen Minderheitenvertretern und Großlobbyisten haben wir berücksichtigt – drei Dutzend Engel und fast noch einmal so viele Hirten stehen auf unserer Gehaltsliste …«

»Hirten und Hirtinnen!«, ergänzt kleinlaut der Assistent. »Und dann noch die beiden, bei denen sich das Geschlecht nicht so eindeutig erkennen lässt, auf Wunsch der Lobby …«

»Von mir aus können die Männer oder Frauen sein oder beides oder gar nichts, schwarz oder weiß oder grau oder braun oder grün, spielt alles keine Rolle. Wichtig ist nur: Die sollen sich jetzt auf der Stelle den Fummel anziehen und gefälligst hierher kommen, sonst …!«

Maria nickt, Josef brummt, das Baby lächelt im Schlaf.

Und wieder flüstert Maria ihrem Josef etwas ins Ohr: »Sie haben doch etwas gelernt in den 2000 Jahren. Bei uns sind alle Menschen willkommen, ohne Ausnahme. Endlich haben sie's kapiert …«

»Also, jetzt aber: Klappe ›Fröhliche Weihnachten‹, die 84.!«, ruft der Aufnahmeleiter, und die Zuversicht in seiner Stimme klingt diesmal ausgesprochen bemüht. »Meine Damen, meine Herren, verehrte Sonstige – können wir jetzt bitte endlich …!«

»Eine Mail, wir haben eine dringende Mail von unserem Sponsor bekommen!« Irgendein Wichtigtuer schwenkt ein Stück Papier, hält es dem Aufnahmeleiter unter die Nase. Stockend liest er vor: »Im Hintergrund der Krippe muss der Weihnachtsmann stehen. Roter Mantel, weißer Bart, in der Hand eine große Cola-Flasche, die er Maria anbietet …«

»Stopp, sofort aufhören!« Ein auffallend seriöser Herr mit Nadelstreifenanzug und Aktenkoffer verschafft sich in scharfem Ton Gehör. »Ich vertrete die Herren Caspar, Melchior und

Balthasar. In deren Vertrag steht eindeutig, dass sie hier als die drei Weisen aus dem Morgenland eine Hauptrolle zu spielen haben. Sie können die doch nicht einfach mit so ein paar Euro abspeisen ... Ich habe hier eine Eilentscheidung des Amtsgerichts ...«

»Chef, hier sind zwei wichtige Vertreter der islamisch-christlich-hinduistischen Verbrüderungsunion«, unterbricht der Assistent des Aufnahmeleiters. »Sie lassen sich nicht abwimmeln. Die Krippe sei eindeutig ein christliches Symbol, so wie das Kreuz oder die Kirchenglocken auch, ein Zeichen von Intoleranz und Abgrenzung, behaupten sie. Wenn dieses Symbol nicht sofort verschwindet, schalten sie den Rat für Internationale Menschenrechte ein und ...«

»*Ruhe!* Bitte geben Sie jetzt endlich Ruhe. Alle!« Der Aufnahmeleiter kann nur noch flüstern. Er ist aufgesprungen, sein starrer Blick macht allen am Set klar: Jetzt wird es ernst. Der Aufnahmeleiter räuspert sich, dann versucht er ein Machtwort: »Hier – pas – siert – nur – noch – das – was – ich – sage«, beginnt er leise, aber deutlich, und betont dabei jede einzelne Silbe.

»Der Weihnachtsmann mit der Flasche stellt sich *dort*hin, direkt neben Maria. Die zusätzlichen drei Weisen kommen mit den anderen hier durch und werfen ihre Geschenke zwischen die Säcke mit den Lego-Steinen und den Stapel mit den Computerspielen. Und die Krippe ...«

Die Stirn des Aufnahmeleiters legt sich in Falten, seine Finger trommeln auf der Lehne seines Stuhls. »Die Krippe ...«

Nach endlos langen Sekunden huscht ein Leuchten über sein Gesicht, mutig spricht er die rettende Idee aus: »Und die Krippe stellen wir einfach raus, hinter den Stall. Hier drin ist's ohnehin schon zu eng, das Baby könnte Platzangst kriegen oder zu wenig Luft. Also raus damit. Und weil ja jetzt wohl wirklich alle Unklarheiten restlos beseitigt sind, fangen wir endlich an. Klappe ›Fröhliche Weihnachten‹, die 85. Und Action!«

Maria nickt, Josef brummt, das Baby lächelt im Schlaf weiter – irgendwo draußen, außerhalb des Stalls, von niemandem zu sehen.

Die Schauspieler tun angestrengt genau das, was der Aufnahmeleiter ihnen aufgetragen hat. Heerscharen von Hirten und Weisen und Engeln jeglichen Geschlechts kommen und gehen. Mit der fröhlichen Melodie von »Rudolph the red nose raindeer« auf den Lippen, türmen sie Geschenke in Haufen auf und verschwinden dann wieder hinter den Kulissen.

»Ergreifend! Wunderbar!«, seufzt der Aufnahmeleiter, schnäuzt sich gerührt die Nase und badet in Weihnachtsstimmung. In seinem linken Auge glänzt eine winzige Träne der Rührung.

Da wendet sich der sonst so schweigsame Josef mit unbewegtem Gesicht zu seiner Maria. Diesmal flüstert er: »Und sie haben *doch* nichts gelernt. Alles ist wie damals: Sie haben einfach keinen Platz für ihn.«

Katrin Schäder

An der Wurzel gepackt

»Ruhe bitte! Ruhe!« Thomas fasste sich mit der rechten Hand reichlich theatralisch, wie seine neben ihm sitzende Frau fand, an den Kopf.

»Thomas, du weißt doch, wie Autofahren die Kinder immer nervt. Bald haben wir's doch geschafft!«

»Bald?!« Thomas verdrehte die Augen und sah zu seiner Frau neben sich.

»Sieh auf die Straße!«, mahnte Carola.

»Frühestens in drei Stunden! Sieh dir doch mal diese Schnecke vor mir an! Liegt da ein Kaugummi auf der Straße, oder warum fährt der nicht ein bisschen schneller! Kann der nicht woanders parken als ausgerechnet auf der Autobahn vor mir?«

»Sei doch nicht immer gleich so aggressiv!«, knurrte Carola vorwurfsvoll. »Von wem lernen die Kinder denn dauernd diese Ausdrücke?«

»Von mir nicht!«, stellte Thomas klar. »Bestimmt aus dem Kindergarten!«

Wie zum Beweis urteilte sein Fünfjähriger, Benjamin, hinter ihm gerade, dem auf der Gegenspur vorbeiziehenden A4 nachsehend: »Geiles Gerät, oder?«

»Jaaa«, kam es belehrend von Mirjam, die neben ihm saß, »aber wir dürfen das Wort nicht sagen!« Mit ihren sechseinhalb Jahren kam sie sich deutlich überlegen vor und ließ das ihren Bruder öfter spüren, als ihm lieb sein konnte.

Benjamin ließ sich nicht beirren und zog stattdessen seinen Gameboy aus der Tasche. Nervtötendes Gepiepe ertönte, unterbrochen von Benjamins verhaltenem »Sch…!«

»Benjamin! Was habe ich da gerade gehört!« Carola drehte sich zu ihrem Sprössling um. »Was hatten wir vereinbart?«

»Jahaaa, Mama …«, kam es wieder gedehnt von hinten. »Aber wenn ich doch einfach nicht auf die blöde zweite Ebene komme …!«

»*Ich* komme gleich, und zwar nach hinten, wenn hier nicht gleich Stille ist! Ruhe, zum Kuckuck noch mal!« Thomas sah stur geradeaus auf die Fahrbahn, mit einem konzentrierten Gesicht.

Zu konzentriert, fand Carola. Aber na ja, stressige Autofahrten – wer fand die schon schön! Und dann noch mit Kindern, die sich langweilten. Alle Spiele, die sie kannte – von »Wer sieht als Erster ein blaues Auto?« bis »Aus welcher Stadt kommt der vor uns wohl?« – hatten sie schon gespielt. Sie waren austreten gewesen, hatten die Landschaft bewundert, ihren Besuch bei den Großeltern, von dem sie gerade zurückkamen, noch einmal durchgesprochen ... Nun gingen selbst ihr die Ideen aus.

Die Autobahn zog sich endlos. Und anscheinend hatten sich tatsächlich ihre Mit-Autofahrer gegen sie verschworen: Aus unerfindlichen Gründen ging es nur sehr schleppend voran. Kein Wunder, dass Thomas so genervt war. Das konnte ein netter Nachmittag werden! Und das zu den Weihnachtsfeiertagen, wo doch angeblich alles Harmonie und Frieden zu sein hatte.

»Friede auf Erden! Haha!«, dachte Carola böse. »Natürlich, die drei Weisen waren ja auch nicht auf der Autobahn gekommen! Sonst hätten sie spätestens am Frankfurter Kreuz festgesessen!«

»Aua!« Thomas hatte es fast unhörbar in seinen Bart gemurmelt und fasste sich unmerklich an die rechte Wange. Carola, die gerade resigniert aus dem Fenster gesehen hatte, sah zu ihm herüber. »Ist was? Hast du was gesagt?«

»Nein!«, quetschte Thomas hervor.

»Doch, Papa! Du hast ›Aua‹ gesagt!«, meldete Mirjam. »Ich habe es genau gehört!«

»Tut dir was weh, Papa?«, erkundigte sich Benjamin, ohne vom Display seines Gameboys aufzusehen. Offensichtlich ging es ihm eher um den unterhalterischen als um den sozialen Wert des Gesagten.

»Wirklich, Thomas! Du hast doch was!« Carola sah ihren Mann schräg von der Seite an. Irgendwas stimmte nicht. Schon den ganzen Tag nicht. »Du bist schon seit heute Mittag so komisch. Dabei hat Mutti extra dein Lieblingsessen gekocht! Und du hast nur einen halben Kloß gegessen. Und von der Roulade fast gar nichts!«

Carola sah ihren Mann erwartungsvoll an. Es kam keine Antwort. Mit dem Instinkt der erfahrenen Ehefrau fragte sie dann nach einer Weile: »Thomas?«

»Was denn?«, knurrte der unleidlich.

»Hast du etwa Zahnschmerzen?«

»Hhm.«

»Was ›hhm‹? Hast du oder hast du nicht?«

»Ich habe!«, kam es widerwillig vom Fahrersitz. »Der Backenzahn oben rechts … Ich habe das Gefühl, mir fällt gleich die ganze Gesichtshälfte ab!«

»Waaas, das Rad fällt gleich ab?«, kam es äußerst interessiert von Benjamin.

»Ruhe!«, befahl diesmal Carola. »Papa geht es nicht so gut, und deshalb seid ihr jetzt bitte so still, wie ihr könnt. Ist das klar?«

»Papa geht es nicht gut?« Miriam tat betont mütterlich. »Ist doch kein Problem! Dann beten wir, und dann wird schon alles gut. Jesus hilft ihm bestimmt. Ist doch sein Geburtstag!«

»Ja, schon …« Carola wollte den Glaubenseifer ihrer Tochter keineswegs dämpfen. Doch ein kleiner Hinweis auf Wurzelvereiterungen, Feiertagsdienste der Zahnärzte und die Gesundheitsreform schien ihr zunächst angebracht. Doch dann dachte sie bei sich: »Wieso eigentlich? Natürlich kann Jesus!«

»Du hast recht, Mirjam!«, sagte sie. »Wir beten. Aber leise, damit es Vati nicht beim Fahren stört!« Und das taten sie.

Kaum war das Gebet zu Ende, wurde Thomas von zwei Stimmen aus der hinteren Reihe bestürmt: »Na, Vati, schon besser?«

»Nein!« Thomas brüllte es fast. »Ihr geht mir alle drei auf den Sender, damit ihr's wisst! Lasst mich in Ruhe!«

Eingeschüchtertes Schweigen folgte diesem Ausbruch. Es zog sich beinahe die nächste Stunde hin. Carolas leises Angebot »Soll ich vielleicht fahren?«, war durch ein genervtes Kopfschütteln abgewiesen worden.

Endlich, endlich waren sie zu Hause! Die Koffer hochtragen, das Auto in die Garage … Ach nein, doch nicht! Sicher mussten sie doch gleich zum Notarzt!

Schon hing Carola am Telefon. Sie wählte eine Nummer, legte wieder auf, wählte eine zweite ... Dann lächelte sie geheimnisvoll, sagte aber nichts.

»Komm, Thomas!«, sagte sie energisch. »Wir fahren jetzt zum Zahnarzt!«

»Jetzt?« Thomas stöhnte verzweifelt. »Wer weiß, welcher Heini jetzt Dienst hat! Und was der mit mir macht!«

Doch Carola ließ sich nicht beirren, gab den Kindern noch einige überdeutliche Verhaltensregeln und zog ihren Mann zum Auto.

Minuten später waren sie in einer modernen Praxis angekommen, in der schon überall Licht brannte. Der Arzt war noch nicht zu sehen. Doch dann kamen Schritte aus einem Nebenraum. Thomas' Augen wurden groß wie Suppenteller: »Du?«

»Thomas?«, sagte der Arzt, genauso überrascht. »Komisch, ohne Bibel in der Hand hätte ich dich fast nicht erkannt!«

»Wenn ich gewusst hätte, dass du Zahnarzt bist ...!«, seufzte Thomas und lachte.

Und Carola setzte den Satz in Gedanken fort.

»Aber ich kenne dich ja nur vom Männergebetskreis!«, meinte Thomas erklärend.

»Tja, so kann's gehen!«, sagte Dr. Sondermann, hakte Thomas unter und zog ihn Richtung Behandlungszimmer. »Amen!«

Und »Amen!«, sagte auch Carola.

Albrecht Gralle

Ruhe wie ein weißes Tuch

RUHE LAG WIE EIN weißes Tuch über den Häusern der Stadt, denn es schneite, und der Neuschnee sah aus wie eine Bettdecke, die die Stadt zum Schlafen einlud.

Philipp hatte die Lampen ausgeschaltet, stand im dunklen Wohnzimmer vor einem Fenster und blickte nach draußen in die glitzernde Stille.

Noch waren die Räumfahrzeuge nicht durch die Stadt gefahren, sodass die Straßen unberührt dalagen und ebenfalls auszuruhen schienen. Und noch war der Schnee auf den Dächern nicht ins Rutschen gekommen, sodass die Häuser weiße Schlafmützen trugen, aus denen die Schornsteine wie kleine Verzierungen herausragten.

Der Eindruck der völligen Ruhe war so stark, dass es Philipp vorkam, als lägen die Häuser im Tiefschlaf und atmeten langsam ein und aus.

Er sah auf seine Uhr: 23.20 Uhr. Zeit, ins Bett zu gehen. Aber er konnte sich von dieser gewaltigen Schneeruhe nicht losreißen. Und so öffnete er die Glastür, die zur Terrasse führte, und trat einen Schritt nach draußen.

Kalte, feuchte Luft umfing ihn. Es tat gut, den Schneegeruch einzuatmen, der nach frischer Wäsche roch, nach längst vergangenen Schneeballschlachten aus Eis und Schweiß und nach etwas, das man nicht erklären konnte. Vielleicht nach Polarluft?

Die Scheinwerfer eines Autos zuckten kurz über die Häuserwände, und das Brummen eines Motors war zu hören. Aber es klang seltsam gedämpft und nahe, als sei die ganze Stadt in ein großes Wohnzimmer mit weichen Teppichen verwandelt worden und als säßen die Leute in der Straße dicht gedrängt auf einer riesigen Couch.

Von weither rauschte ein Zug vorbei. Und diesmal hörte sich sein Rattern sogar lauter an als sonst. Der Schnee hatte die gewohnten Geräusche und Entfernungen durcheinandergebracht und eine neuartige, erfrischende Stille geschaffen.

Philipp spürte, wie die Kälte seine Schultern erfasste. Aber anstatt nach drinnen zu gehen, die Tür zu schließen und sich aufzuwärmen, zog er den Mantel an und trat wieder auf die verschneite Terrasse, sogar noch einen Schritt weiter hinaus, und blieb verzaubert stehen. Im Lichtkegel einer Straßenlaterne sah er die Flocken wie Mehl durch die Luft wirbeln, und auf seinen Händen spürte er die kühlen, leichten Berührungen des Winters.

Und langsam, als gäbe es einen inneren Zusammenhang zwischen Schnee und Seele, fielen mit den kalten Flocken von ihm die Dinge der täglichen Routine ab. Es kam ihm vor, als rutschten sie von seinen Schultern und plumpsten in den Schnee: Termine, die erledigt werden mussten, ein unangenehmes Telefongespräch, das ihn nicht losließ, die Aufgaben, die er heute nicht geschafft hatte …

Fast sah er die Alltagslasten vor sich, wie sie im Schnee versanken und von den wirbelnden Flocken zugedeckt wurden: eine Uhr, einen Telefonhörer, den Terminkalender. Vom Winter verweht. Und seine Schultern strafften sich.

Er blickte nach oben. Über ihm waren die Schneewolken aufgerissen, und dahinter zeigte sich ein schwarzer Himmel, der übersät war mit funkelnden Lichtern. Schweigend sahen sie auf Philipp herab, und er stellte sich vor, wenn nur jeder Planet und jede Sonne einen kleinen, winzigen Ton von sich geben könnte, dann würde über seinem Kopf ein gewaltiger Akkord durch die Nacht brausen.

Und wer weiß? Vielleicht gab es das ja auch. Hatte er nicht erst neulich gelesen, dass die Erde sich unmerklich rhythmisch zusammenziehen und ausdehnen würde und einen tiefen Summton abgab, der für Menschen nicht zu hören war?

Vielleicht hatte ja tatsächlich jeder Planet und hatte jede Sonne einen eigenen Ton – und niemand hatte diese Musik bisher gehört. Nur einmal hatte der Himmel hörbar zu singen begonnen, als statt der Schneeflocken Engel die Luft erfüllten und ihre Musik die Nacht berauschte.

Und selbst dann hatten es nicht alle Menschen mitbekommen, nur ein paar einfache Hirten mit ihren Schafen.

Was für eine Nacht musste das gewesen sein, dachte Philipp und beobachtete seinen Atem, der als weiße Fahne in den Himmel stieg.

Der Gott des Himmels und der Erde, den sonst niemand sehen durfte, ohne zu sterben, verdichtete sich zu einem Säugling, zeigte sein Gesicht und gab sich hilflos in die Hände der Menschen. Alle Vorstellungen über Gott zerbrachen wimmernd in diesem Stall. Und zwischen den Scherben lag das Kind.

Eine seltene Feierlichkeit legte sich über Philipps sorgenfreien Nacken wie ein kostbarer, wärmender Schal. Und er ahnte, dass alles seitdem einen tiefen Sinn hatte, auch die scheinbar nebensächlichsten Dinge: das Schreien eines Kindes, das Schnauben eines Esels, die abgearbeiteten Hände eines Hirten.

Was wäre aber, überlegte Philipp weiter, wenn auch seine eigenen, kleinen Alltagsdinge in tiefere Zusammenhänge eingebettet waren, tiefer als er dachte?

Hatte nicht dieses Kind später einmal gesagt, als es erwachsen war, dass selbst die Haare auf unserem Kopf gezählt sind und dass also ein herabfallendes Haar beim Kämmen von der göttlichen Vorsehung wahrgenommen wurde? Was für ein Gedanke!

Das würde ja bedeuten, dass auch jetzt, während er hier stand und auf die verschneite Straße sah, der Himmel an diesem Augenblick Anteil nahm. Gab es dann überhaupt Einsamkeit?

Und während Philipp ein- und ausatmete, schien es ihm, als öffnete sich in ihm eine Tür, ungefähr dort, wo sein Herz schlug, und ein Strom aus purer Freude schwebte heraus. Freude darüber, dass er mit seiner ganzen Existenz wahrgenommen und geliebt wurde von diesem fernen und zugleich nahen Gott.

Und es war jetzt für Philipp vollkommen naheliegend, fast logisch, dass er seine Arme ausbreitete und in die Nacht dreimal ein lautes »Halleluja« hinausschrie.

Ein paar Sekunden blieb es still, dann öffnete sich im Nachbarhaus quietschend ein Fenster. Jemand beugte sich heraus und rief: »Ruhe, bitte!«

Mathias Jeschke

Die Liebelei des Hafenlotsen

»Ruhe, bitte! Ruuuhe!« Dieser Radau in seinem eigenen Wohnzimmer war ihm entschieden zuviel. Wozu hatte er denn nun Urlaub, seinen wohlverdienten Weihnachtsurlaub, wenn nicht, um gemütlich zu Hause zu sitzen und endlich seine Ruhe zu haben. Und dann noch am Heiligen Abend. Aber nun schimpfte seine Frau mit seinem Sohn, ohne dabei mit Kraftausdrücken zu sparen. Da wunderte sie sich, woher er die immer hatte. Und seine Tochter wies den Hund mit unmissverständlichen Worten darauf hin, dass es nicht von Vorteil sei, wenn der versuche, seinen Weihnachtsknochen ausgerechnet im Flokatiteppich zu vergraben. Der Hund bellte.

Er erhob sich aus seinem Sessel und ging. Richtung Flur. Da war es auf den Brücken all der Schiffe, die er jahraus jahrein in den Hafen lotste und wieder hinaus, wirklich vergleichsweise ruhig! Die Kapitäne und die Crews der Dampfer aus aller

Herren Länder achteten ihn als den, der er war: Er war derjenige, der sich hier auskannte. Dem man sich besser anvertraute, weil einen die ortsfremde Unkenntnis sonst unweigerlich auf Grund setzen würde. Er konnte sich voll auf seine Aufgabe konzentrieren. Eine Stille machte sich immer im richtigen Moment auf der Brücke bemerkbar, eine Stille, die spüren ließ: Ja, diesen Mann und seine Fähigkeiten achten wir. Diese Stille füllte den Raum um ihn herum, wie das Wasser das Hafenbecken füllte, in dem er sich besser auskannte als jeder andere sonst. Er schwamm. Das war der Moment.

Vom Flur aus nahm er die Tür in den Keller. Die Treppe hinab. Über die Stille im Wasser wussten sie am besten Bescheid. Sollte doch die ganze Familie samt Hund eine Beute der Lärmwelt werden. Jetzt war Weihnachten. Sein Urlaub. Wohlverdient.

Nicht mit ihm! So nicht. Die da oben wollten es ja nicht anders. Es machte ihnen wahrscheinlich sogar noch Spaß.

Aber zum Glück hatte er seinen Raum hier unter Deck. Da oben verstanden sie ihn nicht, aber die hier unten, die wussten, wonach er suchte. Die hatten es gefunden. Er öffnete die Tür. Das leise Blubbern der Sauerstoffzufuhr schaltete er immer als Erstes aus, wenn er hier herunterkam. Er setzte sich vor das große Wasserbecken. Die Beleuchtung des Aquariums war die einzige Lichtquelle im Raum. Was ihm besonders gefiel, war, dass jedes dieser wunderbaren kleinen Geschöpfe den Anfangsbuchstaben des Wortes Stille geradezu verkörperte.

Oben wurde die Tür zum Keller geöffnet. Irgendjemand kam mit Clogs die Treppe heruntergepoltert. Flaschen schlugen aneinander. Eine Tür wurde geknallt, die Clogs nahmen ihren lärmenden Weg treppauf. Noch einmal knallte eine Tür.

Er fühlte sich diesen Geschöpfen verwandt. Wie er selbst genossen sie die Ruhe, die sie umgab. So dachte er es sich.

So ging es ihm, wenn er auf der Brücke eines fremden Schiffes die Achtung spürte, die ihm entgegengebracht wurde, wenn sich dieser Raum der Stille wie ein Königsmantel um ihn legte, wenn das Gefühl zu schwimmen in ihm wuchs. Seepferdchen waren Geschöpfe der Stille.

Er liebte es, sich vor das Aquarium zu setzen und mit den Seepferdchen ein Gespräch zu beginnen. Er fühlte sich von ihnen verstanden. Und auch er selbst versuchte, die Botschaften der Seepferdchen zu verstehen. »S«, sagten sie – wie Stille und ließen ihre Luftblasen wie Gedichte über die Stille und – ja, über das Schweigen aufsteigen. Vielleicht sangen sie auch. Ein Lied von der Stille und vom Schweigen.

Da ging erneut die Tür zum Keller. Seine Frau rief seinen Namen. Oh, der Heilige Abend! Eigentlich freute er sich auch auf das Fest. Sein Lieblingsfest, mitten im Winter. Wenn es geschneit hatte, war alles so schön still. Die Geräusche nahmen dann ab. Und seine Familie mochte er ja auch, so war es ja nicht. Er schaltete die Sauerstoffzufuhr wieder an.

»Wer entscheidet, wessen Geschöpf wir sind?«, fragte er sich, als er die Tür zu seinem Kellerraum schloss. Auf die Geschenke freute er sich noch immer wie ein Kind. Oben sangen sie schon. Plötzlich blieb er mitten auf der Kellertreppe stehen. – Seine Familie sang: »Stille Nacht, heilige Nacht«.

Hanna Ahrens

Ein ganz besonderes Geschenk

RUHE BITTE, RUHE! Ja, wer wünschte sich das nicht in der Vorweihnachtszeit. Aber wie sollte ich zur Ruhe kommen?

Ich war viel unterwegs, jeden Tag in einer anderen Stadt, irgendwo zwischen Hamburg, Bremen und Hannover, eingeladen zu Adventsveranstaltungen in Gemeinden und Landfrauenvereinen. Dazu kamen die eigenen Weihnachtsvorbereitungen, Krankenbesuche und die ganz normale Hausarbeit. Dazu auch noch der Telefonanruf von Micha, unserem Sohn, aus Dresden. Er wollte nur sagen, worüber er und seine Frau Judith sich zu Weihnachten freuen würden – falls er sich das wünschen dürfte und ich Zeit dafür hätte:

Es sei nichts weiter als eine Krippe ... eine von mir gemachte. Solch eine, wie wir sie zu Hause hätten, mit all den Tonfiguren, einem richtigen Stall aus Holz mit Grasdach, mit Schafen und Eseln.

»Ja. Gern ... Ich seh mal, ob ich's schaffe. Ich hätte an diesem Wochenende ja zwei freie Tage ...«

Und während ich so zögerte und überlegte und redete, sah ich die Hirten und Könige, Schafe und Engel und natürlich das winzig kleine, im Schlaf lächelnde Krippenkind schon vor mir.

Kaum war das Telefon aufgelegt, packte ich für alle Fälle schon mal einige meiner Plaka-Farben und Pinsel zusammen und schrieb auf meinen Einkaufszettel: »Sechs Rollen Bastel-Ton (Blume 2000)«. Von nun an fiel alles andere – die sonst übliche Hektik – von mir ab.

Gleich am nächsten Morgen: ein eiliges Frühstück. Dann setzte ich mich an den großen Tisch und begann mit dem Kneten und Formen.

Erst kam Maria, dann Josef, der ihr zärtlich die Hand auf die Schulter legte, beide ausgerichtet auf das Kind in einem Futtertrog. Um sie herum die Weisen und die Hirten mit ihren Schafen. Der Esel geriet etwas zu groß; er konnte das Maultier sein, auf dem Maria gesessen hatte. Jede Figur hatte ihren eigenen Ausdruck. Einer der Weisen sang. Ich glaube, sein Lied hieß: »Ich steh' an deiner Krippen hier, o Jesu, du mein Leben. Ich komme, bring und schenke dir, was du mir hast gegeben. Nimm hin, es ist mein Geist und Sinn. Herz, Seel' und Mut – nimm alles hin und lass dir's wohlgefallen.«

Und während ich ihm zuhörte, wurde es auch mein Weihnachtslied. »Nimm alles hin …«

Der andere Weise in prächtigem Gewand schenkte dem Kind seine Krone, die er vom Kopf genommen hatte. Und der Dritte brachte wirklich Gold (einen Pyrit-Goldstein), Weihrauch (von einer Kreuzfahrt nach Oman hatte ich noch ein paar Stücke) und Myrrhe.

Der kleine Hirte, der als Erster ankam, kniete direkt vor der Krippe und hielt ein winziges Lamm auf seinen Armen; es war so klein und hilflos wie das Kind und sollte ganz dicht bei ihm sein. Die älteren Hirten, der eine noch im Laufschritt, brachten Felle und Decken, die das Kind wärmen sollten. Die Schafe legten sich vor die Krippe; sie wollten ganz nahe sein und das Kind bewachen.

Als mein Mann abends von seiner Arbeit zurückkam, sagte er, als er im Flur die Jacke auszog: »Und … was hast du heute gemacht, den Tag über?«

»Krippenfiguren! Micha und Judith wünschen sich eine Krippe. Und du sollst einen Stall machen, irgendwann.«

Am nächsten Tag, Sonntag, habe ich die erst leicht angetrockneten Figuren bemalt: braun, blau und rot, weiß und ein wenig gelb. Matte, warme Farben. Für die Kronen der Weisen (oder waren es Könige?) nahm ich Gold und Gelb.

Während ich formte und malte, war ich ganz einbezogen in dieses wunderbare Geschehen damals in Bethlehem. »Ich komme, bring und schenke dir, was du mir hast gegeben …« Ich war einer dieser Menschen, die zur Krippe kamen mit ihrer Sehnsucht, ihrem Singen und Schenken – dem Kind in der Krippe ganz zugewandt. Ihre Weihnachtsfreude durchströmte mich und vertrieb alle Hektik.

Die Ruhe und der Frieden, die von dieser Krippenszene ausgingen, blieben bei mir – auch während der folgenden Adventsreisen.

Es gab verspätete Züge, volle Bahnhöfe, überfüllte Säle, spätes Nachhausekommen, kalte Füße … aber es war, als ob eine Hülle von Weihnachtsfreude und großer Ruhe mich umgab.

Und wenn ich nun heute die Tiere und Figuren, die Krippe und das lächelnde Kind zusammen mit dem reetgedeckten Stall einpacke, dann wünsche ich mir, dass dieser Weihnachtsfriede, der unser Herz zur Ruhe bringt, noch einmal und immer wieder von dieser Krippe ausgeht und ihre Betrachter umfängt.

Kai-Uwe Woytschak

Das Weihnachtsessen

»Ruhe bitte! Ruhe!« Gerade hatte ich die Haustür aufgeschlossen und meinen Schlüsselbund wieder in die Manteltasche gesteckt, als mir durch das Treppenhaus »Rockin' around the Christmas Tree« entgegenhallte. Sofort fühlte ich mich genervt durch diese weihnachtliche Popmusik. Noch 54 Stufen trennten mich und meine Einkaufstasche von meiner kleinen Dachgeschosswohnung, in der ich endlich mal ganz für mich allein und vor allem in Ruhe Weihnachten feiern wollte.

Mit jeder Stufe, die ich nach oben ging, wurde die Musik lauter. Aber mir war ohnehin schon klar, dass sie aus dem zweiten Stock aus der Wohnung direkt unter meiner kommen musste. Dort wohnte Silka mit ihrem Sohn Kevin. Bestimmt hatte sie gerade Feierabend gemacht und versuchte nun, sich selbst und den fünfjährigen Pimpf in weihnachtliche Stimmung zu versetzen.

Ich selbst hatte mir noch schnell, bevor die Geschäfte an Heiligabend schließen, alles besorgt, was ein Student fürs Überleben so braucht: ein paar Fertigmenüs, Rotwein, eine gefrorene Sahnetorte und ein halbes Pfund Kaffee. Außerdem Gummibärchen und Kartoffelchips. Jetzt konnte es Weihnachten werden! Zum ersten Mal seit 23 Jahren ohne Eltern, ohne Christbaum, ohne Rinderrouladen mit Klößen und Rotkraut. Ich wollte einfach nur lesen, leise Musik hören, die Christmette besuchen und am ersten Weihnachtsfeiertag eine lange Wanderung unternehmen. Einfach alles mal ganz anders als sonst! Das war für mich als 23-Jährigen etwas wahrhaft Revolutionäres.

Aber noch bevor ich, im Dachgeschoss angekommen, die Einkaufstasche auspacken konnte, klingelte es an meiner Wohnungstür. Herr Stupnitzki von ganz unten, ein netter älterer Mann, hatte mitbekommen, dass ich diesmal kurz vor Weihnachten offenbar nicht in Richtung Elternhaus abgefahren war. Deshalb würde er sich freuen, wenn ich gegen 17 Uhr zu ihm zum Abendessen kommen würde. Silka und Kevin und der Herr Blaschke aus dem ersten Stock hätten auch schon zugesagt.

Ich war zu überrascht, um mir eine Ausrede einfallen zu lassen. Und so mag es einige Stunden später für einen fremden Beobachter ausgesehen haben, als ob Herr Stupnitzki seine drei erwachsenen Kinder und seinen Enkelsohn Kevin bei sich zu Besuch gehabt hätte. Mit dem entscheidenden Unterschied, dass wir uns alle nur sehr flüchtig kannten. Aber das änderte sich an diesem Abend.

Von Herrn Stupnitzki erfuhren wir beim Abendessen (jawohl, es gab Rinderrouladen mit Klößen und Rotkraut!), dass er als Kriegswaise von einer Zirkusfamilie aufgenommen wurde und nach dem Tod seines Pflegevaters das kleine Unternehmen noch zwanzig Jahre als Zirkusdirektor fortführte. Danach sei er bis zur Rente im »Gastgewerbe« tätig gewesen. »In Wirklichkeit hat er bloß als Hilfskoch in einer Kantine gearbeitet«, flüsterte mir Silka zu, als Herr Stupnitzki in die Küche ging, um die restlichen Rouladen und Klöße zu holen. Alex Blaschke grinste und fragte, als Stupnitzki gerade wieder ins Esszimmer kam: »Und wie läuft's in der Anwaltskanzlei, Silka?«

»Ja, erzählen Sie mal«, bekräftigte Stupnitzki und übertönte dabei das leise gezischte »Blödmann!«, das Silka mit giftigem Blick an Alex richtete. Ich wusste, dass sie halbtags als Kassiererin in einem Supermarkt jobbte und sich ansonsten um Kevin kümmerte. Nun erfuhr ich, dass sie eigentlich Rechtsanwaltsgehilfin gelernt hatte. Lange suchte sie vergeblich nach einer festen Stelle. Dann wurde sie schwanger, und ihr Freund ließ sie im Stich. »Aber wir schlagen uns schon irgendwie durch«, sagte sie und drückte Kevin, der auf dem Stuhl neben ihr saß, fest an sich. »Und du, Alex, bastelst immer noch an deinen Autos rum?«, setzte sie schnell die Fragerunde fort, um keine peinliche Pause entstehen zu lassen.

Alex war genauso alt wie ich, war Automechaniker und hatte mit ein paar Kumpels in seinem uralten VW-Bus schon halb Europa bereist. Höhepunkte jeder Reise waren offenbar die abendlichen Biergelage auf dem Campingplatz, von denen Alex nun ausgiebig berichtete. Schließlich war es an mir, die Erzählrunde zu komplettieren. Aber was gab es schon von mir zu berichten? Dass ich dreizehn Jahre die Schulbank gedrückt hatte und nun im sechsten Semester Theologie studierte, schien mir kaum erwähnenswert. Aber die anderen waren da ganz anderer Meinung! Sogar der kleine Kevin wollte von mir wissen, ob ich denn einmal Pfarrer werden wolle.

»Weiß ich noch nicht«, gab ich ehrlicherweise zur Antwort und fragte schließlich in die Runde, wer denn mit mir um 23 Uhr in die Christmette gehen würde.

Ein paar Stunden später saßen wir alle fünf nebeneinander in einer Kirchenbank: der alt gewordene Zirkusdirektor und Hilfskoch, die alleinstehende Mutter mit Kind, der trinkfeste Leichtfuß und der Theologiestudent, der eigentlich einmal ganz allein Weihnachten feiern wollte. Und als ob diese uralten Worte für mich etwas ganz Neues wären, hörte ich vorne auf der Kanzel den Pastor sagen:

»Fürchtet euch nicht! Siehe, ich verkündige euch große Freude, die *allem Volk* widerfahren wird; denn euch ist heute der Heiland geboren.«

Tanja Jeschke

Was Ruhe ist

»Ruhe. Bitte Ruhe!« Piet Carlos hatte die Regie. Er wiederholte die Worte immer wieder, so lange, bis sogar der Neufundländer, der in dieser Szene mitspielte, sein nervöses Hecheln einstellte und wie ausgestopft neben Dax saß. Dax, am Tisch, ein Glas Wein in der Hand, starrte aus seinen tief liegenden Augen auf Gloria. Sie wusste, dass ihre Ehe in diesem Moment zu Ende war und dass sie hier auch nicht mehr bleiben konnte.

Piet Carlos wollte, dass man alles sehen konnte, was vorher gewesen war: Dax, Gloria, der Tisch, der Hund, das Glas Wein sollten sekundenlang unter der Wucht der Geschichte kauern. Piet Carlos wollte, dass die Kamera dann anfing zu schaukeln. Während Gloria und Dax reglos saßen, sollte die Kamera plötzlich in Bewegung geraten, schlingern bis zum nächsten Schnitt. Genau das war es, wovon er überzeugt war: dass die Veränderung von außen kommen musste.

Aber Gloria sagte: »Nein, von innen kommt sie. Ich kann in so einem Moment nicht so ruhig dasitzen wie tot. Piet, die Wut! Sie kommt von innen. Sie entscheidet! Piet, du unterschätzt diese Frau.«

»Was soll sie hier entscheiden?«, fragte Piet. »Du bist immer einen Schritt zu weit voraus, Gloria. Du willst immer schon die Konsequenzen ziehen, ehe du verstanden hast. Hier geht es nicht darum, dass etwas passiert, sondern darum, dass etwas passiert ist und passieren wird. Etwas, worauf die Frau keinen Einfluss hat, wird geschehen. Nur daraus, Gloria, nur daraus besteht diese Ruhe.«

Die Dreharbeiten dauerten bis in die Vorweihnachtszeit hinein. In den Pausen schnappten sie alle im Innenhof des Filmstudios frische Luft. Der Himmel – nichts als ein weißer Deckel. Gloria suchte ihn ab nach etwas, ihre Zigarette im Mund wie eine Antenne nach oben gerichtet. Sie konnte sich nicht abfinden, mit Piets Vorstellungen nicht und vermutlich überhaupt mit ihrer Rolle nicht. Dabei spielte sie ausgezeichnet. Dieses »Ich-lass-es-geschehen«, gegen das sie sich so wehrte – sie spielte es ausgezeichnet.

Später kam es ihnen so vor, als habe Gloria mit ihrem Spielen diesen Schnitt in ihrem Leben, der sich kurz vor Weihnachten ereignete, im Grunde vorbereitet.

Dass sie deshalb so gut war, weil sie, indem sie Piets Worte nachvollzog, Platz schaffte dafür, dass geschehen konnte, was geschah.

Dax nannte Piet später einen Verkündigungsengel.

Gloria meinte dazu nur, sie habe sich noch nie zuvor in einer Rolle so aufgelöst wie in dieser, um selbst nicht im Wege zu stehen. Daraufhin sagte Piet: »Nichts anderes ist Ruhe.«

Eine Woche vor Weihnachten erhielt Gloria die Nachricht, dass ihre Schwester und deren Mann bei einem Verkehrsunfall ums Leben gekommen waren. Gloria, die mit ihrer Schwester seit einem schweren Zerwürfnis vor Jahren keinen Kontakt mehr gehabt hatte, hörte zum ersten Mal von einem zweijährigen Sohn, ihrem Neffen, der nun kein Zuhause mehr hatte. Sie sei dann zu Tode erschrocken wie durch einen endlosen Korridor gerannt und gerannt, an verschlossenen Türen vorbei, habe nach ihrer Schwester gerufen, habe auf einmal Piets Stimme gehört: »Ruhe. Bitte Ruhe!« und sich unmittelbar in einem Raum wiedergefunden, in dem der kleine Junge allein saß. Sie sagte, sie habe ihn gesehen wie durch eine schaukelnde Kamera hindurch. Dies sei in Sekunden am Telefon noch mit ihr geschehen.

Gloria hat den Kleinen sofort zu sich geholt. Er war noch bei den letzten Dreharbeiten dabei und lief immer hinter dem Neufundländer her.

Die Szene mit Dax, Gloria, dem Weinglas und dem Hund bekam ihren letzten Schliff dadurch, dass der Hund plötzlich seine Ohren spitzte und zu dem Kind hin verdrehte, weil der Kleine hinten bei der Regie ein fröhliches Quietschen von sich gab. Die Ruhe, die Gloria jetzt vollkommen zu verstehen schien, erzitterte, und Piet verzog die Augenbrauen, hielt dann aber die rechte Hand hoch, wie er es immer macht, wenn er den Dreh laufen lassen will.

Eva Prawitt

Familienweihnacht – wie man sich's vorstellt

»Ruhe, bitte Ruhe ...«, beschwörend hob Karina ihre Hände.

Aber es hatte keinen Zweck. Roland diskutierte weiter mit Tante Mathilde darüber, was gegen Kartoffelsalat mit Würstchen anstelle eines Gänsebratens spräche – statt Lukas, ihren

Jüngsten, zurückzuhalten, als der vor die Terrassentür trat, um seiner Sucht zu frönen. Verärgert musste Karina mit ansehen, wie Lukas sich eine Zigarette anzündete. Seit er sich von seiner Freundin getrennt hatte, rauchte er wieder. Aber Karina hatte die ewigen Machtkämpfe längst aufgegeben. Immerhin war Lukas dreiundzwanzig.

Wenn Roland sie bloß ein bisschen unterstützt hätte! Schließlich hatten sie zusammen das Weihnachtsfest für die ganze Familie geplant. Aber kaum etwas lief so, wie Karina es sich vorgestellt hatte. Und Roland schien das noch nicht einmal zu merken.

Selbst von ihrer Mutter bekam Karina keine Rückendeckung, weder indem sie Lukas' Suchtverhalten Einhalt geboten hätte, noch indem sie ihr in der Küche zur Hand gegangen wäre.

Stattdessen beugte sie sich gerade zusammen mit Luisa über ein Fotoalbum mit Familienbildern und erklärte ihr mit tränenerstickter Stimme, in welchem verwandtschaftlichen Verhältnis die Personen auf den Ablichtungen zueinander standen.

Vor nicht einmal einem halben Jahr hatten Luisa und Jonas, Karinas und Rolands ältester Sohn, geheiratet, und dieses war ihr erstes gemeinsames Weihnachtsfest im Kreis der Familie. Es war eine Muss-Heirat gewesen. Luisa war im achten Monat schwanger.

Jonas allerdings schien sich hier im elterlichen Haus immer noch ganz wie daheim zu fühlen, so, wie er sich am CD-Player zu schaffen machte. Die Musik war viel zu laut und eigentlich auch nicht besonders weihnachtlich. Aber Jonas hatte sich bloß geschüttelt, als Karina ihn gebeten hatte, die CD mit den Weihnachtsliedern einzulegen: »Kommet ihr Hirten«, »Zu Bethlehem geboren« und »Es kommt ein Schiff geladen«. Sie verstand einfach nicht, was er gegen die schönen alten Lieder einzuwenden hatte. Und sie verstand auch nicht, warum es Weihnachten so ganz anders zugehen musste, als sie es sich vorgestellt und ausgedacht hatte. Dabei hatte sie sich doch solche Mühe gegeben!

Den ganzen Tag hatte sie damit verbracht, das Essen vorzubereiten: Gänsebraten mit Rot- und Grünkohl, dazu Kartoffeln und Klöße, Salat und zum Nachtisch Obstsalat. Zwischendrin hatte sie den Baum geschmückt und Unmengen bunter Päckchen darunter verteilt.

Dabei war ihr natürlich durchaus bewusst, dass es nicht um den Baum und die Geschenke und bei aller Mühe nicht einmal um den Gänsebraten ging. Weihnachten ging es um das Kind in der Krippe, es ging um Maria und Josef und um die Hirten, die von einem Engel aus dem Schlaf gerissen worden waren …, von einem Engel, das muss sich mal einer vorstellen!

Während Karina am Nachmittag die Krippenfiguren auf einem extra bereitgestellten Tischchen aufgebaut hatte, war ihr der Gedanke gekommen, wie ganz und gar unmöglich diese Geschichte von Weihnachten eigentlich war. Aber sie hatte keine Zeit, diesen Gedanken weiterzuspinnen. Mitten hinein in ihre Vorbereitungen war nämlich unangemeldet Tante Mathilde geplatzt.

»Überraschung«, hatte sie gerufen und war mit Koffern und Taschen und einer Tüte, so groß, dass eine Waschmaschine hineingepasst hätte, an der verdatterten Karina durch die offene Haustür ins Wohnzimmer marschiert, wo sie gleich Päckchen um Päckchen aus der Tüte gezogen und vor der hübschen kleinen Krippe aufgestapelt hatte, bis von dem Kind in der Krippe beinahe nichts mehr zu sehen war.

Sprachlos war Karina hinter ihr hergetappt.

»Aber … was machst du denn hier!«, hatte sie schließlich hervorgepresst.

Tante Mathilde wohnte in Lübeck. Und von so weit kommt man nicht bloß mal auf einen Sprung vorbei. So, wie es aussah, hatte Tante Mathilde vor, die Feiertage bei ihr und Roland zu verbringen. Dabei waren doch schon alle Betten im Haus belegt.

»Meine Kinder sind in den Süden verreist und haben ihre

arme alte Mutter alleine zurückgelassen. Und wir haben uns doch schon so lange nicht mehr gesehen ... ach, und eure Schwiegertochter, die Luisa, die kenne ich auch noch nicht ... und dann wollte ich natürlich erfahren, wie es deiner Mutter geht ... jetzt, wo ihr Mann nicht mehr ...«

Lächelnd zwinkerte Mathilde sich ein paar Tränen aus den Augen, bevor sie unbekümmert abwinkte. »Aber auf eine Person mehr oder weniger kommt es doch wohl nicht an, nicht wahr?«

»Meinst du!«, hatte Karina gedacht und sich schon Lukas' langes Gesicht ausgemalt. Denn natürlich müsste der nun sein Zimmer räumen, sein Bett der Tante zur Verfügung stellen und sich irgendwo auf dem Dachboden ein Matratzenlager zurechtbauen. Und dann die zusätzliche Bettwäsche ... und, ach, nun fehlte auf dem bereits festlich gedeckten Tisch ein Gedeck, und Karina musste alles zusammenschieben und umdekorieren. So ein Ärger aber auch ...!

Und zum Weihnachtsgottesdienst würden sie es nun auch nicht schaffen. Doch Karina hatte nur ergeben genickt und sich gefügt.

Zu allem Überfluss hatte es dann auch noch Tränen gegeben.

Als Karina mit Mutters Hilfe in der Küche die Gans tranchiert hatte, hatte Mutter zu weinen begonnen.

»Weißt du noch?«, hatte sie geschluchzt, »das hat Papa sonst immer gemacht.«

Karina hatte bloß nicken können und sich bemüht, möglichst unauffällig den dicken Kloß herunterzuschlucken, der plötzlich in ihrem Hals gesteckt hatte.

Vor wenigen Wochen war ganz plötzlich und ohne jede Vorwarnung das Herz ihres Vaters stehen geblieben. Es hatte einfach aufgehört zu schlagen. Sie hatten ihn im Garten liegend gefunden, wo er beim Laubrechen vom Tod überrascht worden war. Für alle war es ein furchtbarer Schock gewesen. Doch als

Karina Mutter eingeladen hatte, Weihnachten bei ihnen zu verbringen, hatte sie sich fest vorgenommen, dieses Fest nicht von der Trauer bestimmen zu lassen. Schließlich sollte Weihnachten doch entspannt und voll Freude sein.

Aber dieser Tag war miserabel verlaufen, und selbst jetzt, am Abend, kam keine rechte Weihnachtsstimmung auf.

Roland und Tante Mathilde dachten gar nicht daran, ihre Diskussion über das Weihnachtsessen einzustellen. Mutter und Luisa blätterten weiter geräuschvoll im Fotoalbum, während Jonas immer noch am CD-Player herumhantierte. Auf der Terrasse drückte Lukas gerade seine Zigarette in einer alten Untertasse aus. Frustriert blickte Karina von einem zum anderen.

Wenn mir bloß mal jemand zuhören würde, dachte sie verärgert.

Vor ihr lag aufgeschlagen die Bibel, und es war ja wohl das Mindeste, dass an Weihnachten jemand die Weihnachtsgeschichte vorlas. Wenigstens das würde sie jetzt durchziehen, wie sehr die anderen auch ihre Pläne durchkreuzten.

»Es begab sich aber zu der Zeit, dass ein Gebot von dem Kaiser Augustus ausging, dass alle Welt geschätzt würde …«, begann sie.

Lukas trat ins Wohnzimmer und schlug mit einem lauten Rums die Terrassentür hinter sich zu. Demonstrativ lehnte er sich gegen die Wand. »Schade, dass er sich nicht zu uns setzt«, dachte Karina. Sie seufzte. »Sieben Leute«, dachte sie, »bloß sieben, die müssten doch wohl für wenigstens ein paar Minuten unter einen Hut zu bringen sein. Wer weiß, mit wie vielen es dem Kaiser Augustus gelungen war.«

»Da machte sich auf auch Josef aus Galiläa …«, las sie weiter, während Jonas endlich die Musik bis zu einem behaglichen Hintergrundgeplätscher zurückdrehte und sich neben Luisa setzte.

»Ein Vater wider Willen!«, schoss es Karina durch den Kopf, »Alle beide, Josef genauso wie Jonas.« Die Weihnachtsgeschichte war die Geschichte einer ungeplanten Schwangerschaft. Und auch eine Geschichte von Heimatlosigkeit und Einsamkeit.

»... und sie gebar ihren ersten Sohn und wickelte ihn in Windeln und legte ihn in eine Krippe, denn sie hatten sonst keinen Raum in der Herberge ...« Verstohlen blickte Karina zu Tante Mathilde, die gerade Wein nachschenkte. Eigentlich schön, dass sie sich wie zu Hause bei uns fühlt, fand Karina.

Der Wein plätscherte gemütlich in die Gläser. Bloß Luisa legte eine Hand über ihr Glas. Mit der anderen klappte sie das Fotoalbum zu. Dann lehnte sie sich in ihrem Stuhl zurück und schloss die Augen.

»Und es waren Hirten in derselben Gegend auf dem Felde, die hüteten des Nachts ihre Herde ...«, fuhr Karina fort.

Unvermittelt war es still geworden im Weihnachtszimmer. Nur Mutter schnäuzte sich, als Karina von den Engeln las, die mit ihrer Botschaft von Heil und Frieden Licht brachten.

Karina hob ihren Blick. Und da waren sie alle, ihr Mann und ihre Söhne, ihre Schwiegertochter und ihre Mutter und sogar Tante Mathilde. Und jeder von ihnen hatte auf seine Art ihre Vorstellung von Weihnachten durchkreuzt. Aber was in der Weihnachtsgeschichte entsprach schon menschlichen Vorstellungen?!

Wenn man es recht bedachte, war alles schief gelaufen, was schief laufen konnte – angefangen bei Marias ungeplanter Schwangerschaft bis hin zu der Unmöglichkeit, den Mensch gewordenen Gott in einer Krippe zu betten. Das muss sich mal einer vorstellen!

Aber vielleicht ist ja Weihnachten gerade das, was wir uns nicht vorstellen, was nicht in unser menschliches Denken und Planen hineinpasst. Vielleicht ist Weihnachten das, was Gott mitten hinein in unsere Menschlichkeit schenkt.

Karina senkte wieder ihren Blick, um die letzten Verse der Weihnachtsgeschichte zu lesen: »Ehre sei Gott in der Höhe und Friede auf Erden bei den Menschen seines Wohlgefallens.«

WeihnachtsWunder Geschichten

Manfred Siebald

Weihnachtskonzert

WUNDERBAR. EINFACH WUNDERBAR, in diesem Zug zu sitzen – auch wenn er heute so hoffnungslos überfüllt ist wie an keinem anderen Tag des Jahres. Der Sonntag vor dem Montag, auf den in diesem Jahr der Heilige Abend fällt, ist anscheinend für alle Menschen dieses Landes der Tag, an dem sie heim zur Familie fahren. Auch Barbara, vor Jahren beruflich in Saarbrücken gelandet, zieht es nach Hause – allerdings nicht nur aus familiären Gründen. Sie hat noch ein ganz anderes Ziel, auf das sie auch zusteuern würde, wenn es sich nicht in ihrer Heimatstadt Frankfurt befände.

Es ist das Weihnachtskonzert in der Alten Oper, das dieses Jahr eine Sensation bietet. Marie-Josephine Pascal aus Paris wird einen Tag vor Heiligabend Bachs Goldberg-Variationen spielen. Die große alte Dame des Pianos wird endlich, nach vielen Jahren, wieder konzertieren. Jahr für Jahr hat man es in den Feuilletons gelesen, dass sie alle hoch dotierten Angebote zu öffentlichen Auftritten ablehnte. Aber nach vielen vergeblichen Hoffnungen und Ankündigungen soll es dieses Jahr wohl Wirklichkeit werden. In kürzester Zeit waren vor ein paar Wochen die Karten im örtlichen Vorverkauf und über das Internet vergriffen, und Barbara schätzt sich glücklich, gleich nach Bekanntwerden der Sensation eine ergattert zu haben. Sicher sind die Goldberg-Variationen, entstanden als Auftragskomposition zur Unterhaltung eines schlaflosen Grafen, nicht ein typisch weihnachtliches Programm, und eigentlich sind sie für den riesigen Saal der Alten Oper viel zu intim, aber das ist zweitrangig – wenn nur Madame Pascal sie spielt.

Marie-Josephine Pascal ist ihr ein Begriff, seit ihre Klavierlehrerin ihr damals eine CD mitgab, auf der Schumanns Album für die Jugend in einer Aufnahme von Madame Pascal zu hören war. Danach hatte sie von ihrem Taschengeld eine CD nach der anderen erstanden. Alle waren ohne Bild der Künstlerin. Immer hieß es, dass sie eine sehr zurückgezogene Person sei, die nur in Ausnahmefällen öffentlich auftrete. Wenige Menschen waren überhaupt im Besitz von Bildern – und diese stammten alle aus früheren Jahren. Inzwischen musste Madame Pascal steinalt sein.

So alt vielleicht wie die kleine, silberhaarige Dame in dem dunkelgrünen Wollkleid, die schräg gegenüber von ihr im Abteil sitzt. Als vorhin der Zugschaffner kam, um die Fahrkarten zu kontrollieren, fragte er: »Warum sitzen Sie nicht in der ersten Klasse? Sie haben doch einen entsprechenden Fahrschein, und Sie haben sogar eine Platzreservierung.« Als sie nichts erwiderte, sondern ihn nur aus ihren dunklen Augen ratlos anschaute, fuhr er fort: »Naja, heute ist wohl alles ein bisschen irregulär. Wie immer an Weihnachten: Kein Raum in der Herberge. Wahrscheinlich hat es sich irgendjemand auf Ihrem Sitzplatz bequem gemacht. Aber wenn Sie es wünschen, verschaffe ich Ihnen Ihren reservierten Sitzplatz.« Sie schaute ihn weiter an, als verstünde sie nicht alles, was er sagte, und schließlich gab er auf. »Gut, Sie sitzen ja wenigstens im Abteil und müssen nicht herumstehen wie die Leute auf dem Gang.«

Barbara hat die einseitige Unterhaltung aus dem Augenwinkel mitverfolgt. In der Sonntagszeitung, die sie sich noch am Bahnhof gekauft hat, liest sie gerade einen Artikel über die Bedeutung des Weihnachtsfestes. In einer Studie wurde festgestellt, dass die überwiegende Mehrheit der Jugendlichen wenig oder keine Ahnung davon hat, worum es sich bei Weihnachten überhaupt handelt. Am meisten amüsiert sie die Aussage eines Zwölfjährigen, dass man Weihnachten wohl zum Gedenken an den Tod des Weihnachtsmannes feiert. Der Artikel selbst mokiert sich nicht nur über das religiöse Analphabetentum der jungen Generation, sondern bietet auch in einer von Tannenzweigen umrandeten Spalte die Weihnachtsgeschichte aus dem Lukas-Evangelium und dazu noch den Bericht über die Reise der Weisen aus dem Matthäus-Evangelium – anscheinend als eine Art kulturelle Entwicklungshilfe.

Barbara liest die Geschichten gleich zweimal, liest von dem Paar, das auf der Reise in die Heimat keinen Platz in der Herberge findet, liest von den Hirten und ihrem Erschrecken und von dem Kind in der Krippe, dem niemand zutraute, der Sohn des Höchsten zu sein. Und dann noch von den Weisen, die Gold, Weihrauch und Myrrhe brachten. Heute, in der Enge dieses Zugabteils, berührt sie der Text ganz anders als bei früheren Weihnachtsfesten, an denen die Worte und Lieder der Engel durch die Weite des dunklen Doms hallten und irgendwo hinter den Säulen verklangen. Die alte Dame von gegenüber hat währenddessen die Augen geschlossen, scheint zu schlafen, bewegt aber von Zeit zu Zeit die Finger der rechten Hand rhythmisch auf ihrer beigen Handtasche.

Nach der langen Reise ist Barbara froh, als der Zug endlich in den Frankfurter Hauptbahnhof einfährt. Die alte Dame schreckt beim gedämpften Kreischen der Bremsen auf und fasst ihre Handtasche fester. Sie nickt dankend mit dem Kopf, als ihre junge Nachbarin ihr den kleinen Koffer aus der Gepäckablage holt, und dann ist sie im Gewühl des Abteilgangs verschwunden, während Barbara sich um ihre eigene Reisetasche und den Rucksack kümmert. Schade – sie hatte eigentlich weitere Hilfe anbieten wollen, aber andererseits kann sie sich so gleich auf den Weg nach Hause zu ihren Eltern machen. Ein paar Stunden will sie noch mit ihnen reden, Kaffee trinken und Pläne für die Weihnachtsfeiertage schmieden, ehe sie zum Konzert aufbricht.

Am Abend dann sitzt sie – vorletzte Reihe, Rang – in der Alten Oper und schaut hinunter auf die dunkle leere Bühne, auf der nur der mächtige Flügel steht. In ihrer linken Jackentasche spürt sie den Flakon mit dem edlen Duft aus der Parfümerie, in der sie arbeitet. Sie hat ihn in demselben Goldpapier verpackt, das sie in diesem Jahr viele Male verwendet haben. Irgendwie hatte sie das dringende Bedürfnis, dieser wunderbaren Pianistin etwas zu schenken, so wie sie es oft in Konzerten beobachtet hatte. Da waren Menschen aus dem Publikum nach vorn zur Bühne gegangen und hatten große Sträuße oder kleine Päckchen auf den Bühnenrand gelegt, manchmal auch nur eine einzige Blume. Vielen hatte man angesehen, dass sie, ohne sich dadurch irgendwelche Privataudienzen zu erkaufen, einfach nur Danke sagen wollten für das wunderbare Geschenk der Musik. Diesmal will sie es genauso halten, will der Meisterin danken für die Kraft, die aus ihrem Spiel in Barbaras Leben geströmt ist. Ob Marie Pascal überhaupt ein solches Parfüm mag? Egal, es ist dasjenige, das Barbara selbst am meisten liebt, und das Beste möchte sie dieser Frau schenken.

In den vordersten Reihen regt sich etwas. Vereinzeltes Klatschen der besser Platzierten deutet an, dass man durch die offene Tür schon etwas gesehen hat. Und dann kommt sie auf die Bühne, unter dem zu einem mächtigen Rauschen anschwellenden Applaus, und geht auf den Flügel zu – eine kleine, fast zerbrechliche Gestalt in einem dunkelgrünen Wollkleid mit einer beigen Handtasche. Zweimal, dreimal, ein Dutzend Mal muss Barbara hinschauen: Es ist tatsächlich ihre silberhaarige Abteilnachbarin aus dem überfüllten Zug. Die Handtasche bekommt ihren Platz neben dem Klavierstuhl, und mit einem leichten Neigen ihres Kopfes wendet sich die Pianistin zuerst ihrem Publikum und dann den Tasten zu.

Die ersten Töne erklingen – nicht tastend oder zögernd, sondern mit Bestimmtheit und einer ruhigen Selbstverständlichkeit – und lassen Barbara denken: »Und ich habe nicht gemerkt, wer da zum Greifen nahe in meinem Abteil gesessen hat … Wie gut, dass in der ersten Klasse kein Platz mehr war und dass sie deshalb die ganze Zeit in meiner Nähe gesessen hat.« Die erste

Aria ist vorbei, Polonaise, Sinfonia und Canon und alle anderen der dreißig Variationen werden folgen, bis endlich die Wiederholung der Aria einen unendlichen schöpferischen Reichtum noch einmal in der kleinen musikalischen Form von 32 Takten zusammenfassen wird.

Während unten auf der Bühne Bachs Komposition für den jungen Johann Gottlieb Theophilus Goldberg tatsächlich Stück für Stück zu einem Berg von goldenen Tönen anwächst, sinkt in Barbara der unglaubliche Stress der letzten Wochen in sich zusammen, der Ärger über unverschämte Kunden, die Scham über ihre eigene Ungeduld. Welten von ungeahnten Möglichkeiten des Lebens öffnen sich in ihr, setzen Hoffnungen frei, wecken Gefühle der Ehrfurcht und gleichzeitig der Zärtlichkeit. Sie spürt es: Sie wird nach dem Konzert, vor der ersten Zugabe, nach vorn gehen und Marie-Josephine Pascal ihr Geschenk und ihre Überraschung und ihre Dankbarkeit überreichen. Vielleicht sogar so etwas wie ihre Liebe.

Ist das der letzte Ton gewesen? Sind die eineinhalb Stunden wirklich schon vorbei? Sie weiß nicht, wie es geschieht, aber auf einmal steht sie vorn am Rand der Bühne. Und während der Applaus hinter ihr seinem Höhepunkt zustrebt, hat sie nur noch Augen für die Meisterin, die sich beim Verbeugen anscheinend zu niemand anderem als zu ihr herunterneigt. Als gäbe es jetzt nichts anderes auf der Welt zu tun, greift Barbara in ihre linke Jackentasche und legt der kleinen Gestalt ihr Herz zu Füßen.

Tanja Jeschke

Piefkes Weihnachten

Eine Weihnachtsfarce,
auch als Theaterspiel gedacht

WUNDERBAR. EINFACH WUNDERBAR soll das Weihnachtsfest bei Piefkes mal wieder werden. Wie immer natürlich. Wenn man diesen gedeckten Tisch da so betrachtet, dann kann man meinen, es fehlt eigentlich gar nichts mehr. Das feine Geschirr und die kristallenen Gläser funkeln wie die Sterne! Die Servietten haben den besonderen Knick. Und das Essen erst: Der Karpfen liegt wie eine Eins. Die Meerrettichsoße: der reinste Schnee. Tinchen gräbt den Finger ins Dessert: Weincreme! und schleckt ihn ab. Fritzi zündet die Kerzen am Baum an. Herr Piefke sitzt noch vorm Fernseher, aus dem irgendwelche süßen Kehlen schmettern. Frau Piefke kommt rein.

»Ach, Harry, Fernsehen an Heiligabend – muss das sein?! Nun mach den Kasten mal aus. Benimm dich doch *einmal* ein bisschen festlich!«

Herr Piefke gehorcht heute mal aufs Wort, steht auf und benimmt sich festlich.

Alle setzen sich und erheben ihr Sektglas, in Tinchens ist allerdings bloß Mineralwasser, aber das sieht man von außen ja nicht.

»Frohe Weihnachten!«, rufen sie; es klingt ganz einstimmig.

Dann nimmt Herr Piefke das Buch, das neben dem Karpfen liegt, eine Bibel, und holt tief Luft. Jetzt kommt die alte Weihnachtsstory an die Reihe. Irgendein Magen knurrt laut, muss aber noch warten. Tinchen kichert.

»Ruhe im Salon!«, sagt Herr Piefke. Tinchen kichert noch mehr.

Da klingelt es an der Tür.

»Haben Meiers von oben mal wieder keine Streichhölzer?« Frau Piefke verdreht die Augen.

Fritzi geht zur Haustür. Man hört, wie er brav »Guten Abend« sagt und dann – nach einer komischen, sehr stillen Pause – sagt er noch was: »Wollen Sie hereinkommen?«

»Ja, gern!«, antwortet da eine Stimme.

Wer ist *das* denn, bitte schön?!

Herein kommen Fritzi, mit rotem Kopf, und eine große, weiße Gestalt mit Flügeln. Könnte ein Engel sein, wenn es so was wirklich geben würde.

»Siehe …«, fängt das Wesen an.

»Was denn, was denn?«, sagt Herr Piefke etwas verwirrt.

Frau Piefke denkt: »Höflichkeit ist die Mutter aller Tugenden oder so was« und bietet einen Platz an. Dann holt sie noch ein Gedeck.

Der Engel (wenn es einer wäre) setzt sich und schaut in die Runde. Alle starren ihn an. Tinchen weiß nicht, ob sie Angst haben soll oder nicht. Ach, lieber nicht, findet sie, um den Flügel berühren zu können, der neben ihr hinaufragt.

»Ich verkünnnnnn—!«, sagt der Engel (es könnte immerhin einer sein!).

»Ich bin gerade dabei, die Weihnachtsgeschichte zu lesen«, unterbricht ihn Herr Piefke, räuspert sich und fängt an. »Es begab sich aber zu der Zeit …«

Der Engel (oh!) ist aber hartnäckig und fährt dazwischen: »…dige euch …!«

Herr Piefke lässt sich aber auch nicht beirren und liest weiter: »… dass ein Gebot von dem Kaiser Augustus ausging …«

»… grrrrrrroße Frrrrreude!«, ruft der Engel (!).

»Nun lassen Sie mich erst mal zu Ende lesen, Verehrtester«, sagt Herr Piefke streng wie ein richtiger Hausvater.

Frau Piefke schaut mit extra-großen Augen extra-deutlich auf das Essen. Sie hofft, der Appetit wird dem Engel bei diesem

Anblick die Sprache verschlagen. »Wir haben alle großen H
ger, Sie auch?«, sagt sie aufmunternd. Und er ni
sächlich stumm zu. Da ist Frau Piefke sehr z
und dem Essen.

Herr Piefke liest weiter. Bis zu der allseits
mit den Hirten auf dem Felde und so weiter.

Die scheint den Engel vom Hocker zu reißen.
knistert mit den Flügeln und singt:

»Euch ist heute der Heiland geboren!«

»Lass ihn doch, Harry«, sagt Frau Piefke, als sie
ärgerlich Herr Piefke über diesen ewigen Unterbreche

Fritzi und Tinchen grinsen. Der gefällt ihnen!

Aber jetzt geht er aus dem Zimmer, winkt ihnen nochm
über die Schulter zu. Schließt die Haustür, klack.

Und Piefkes Weihnachten geht weiter.

Eckart zur Nieden

Mit Grippe an der Krippe

»Wunderbar. Einfach wunderbar.« Genießerisch trank der ältere Herr den Glühwein. Die junge Frau nickte und knabberte an einer gebrannten Mandel, und während sie schon die nächste aus der spitzen Tüte klaubte, wanderte ihr Blick über den Weihnachtsbasar mit den kleinen Verkaufsständen und den vielen Menschen.

»Ein Trubel ist das«, fuhr der Alte fort. Offenbar wollte er gern ein wenig plaudern. »Kaufen, kaufen, kaufen.«

»Der Sinn von Weihnachten scheint nur noch Kaufen und Schenken zu sein«, bestätigte die Frau. »Aber was uns zur

Weihnacht wirklich Wertvolles geschenkt wird, gerät in Vergessenheit.«

»Eine seltene Erkenntnis für einen jungen Menschen.«

Sie lachte. »Daran sind Sie nicht ganz unbeteiligt, dass ich die Dinge so sehe.«

Sein Gesicht spiegelte Verblüffung wider. »Ich?«

»Ja, Sie, Herr Reinhard.«

»Oh – Sie kennen mich? Das ... äh ... ich muss gestehen, ich weiß nicht, wer Sie ...«

»Sabine Preuß, aus der Schwalbengasse. Das heißt, damals haben wir da gewohnt, als ich noch ein Kind war. Sie haben uns immer die Post gebracht.«

»Sabine Preuß! Nein! So groß ... wie die Zeit vergeht!«

»Sie haben sich wenig verändert.«

»Danke, wenn das ein Kompliment sein soll. Auf dem Weihnachtsbasar trifft man sich wieder! Na, so was! Darf ich Ihnen einen Glühwein spendieren?«

»Da sage ich nicht nein. Bei der Kälte. Danke, Herr Reinhard!«

Als der Mann ihr das Glas auf die Theke stellte, an der sie beide angelehnt standen, ergriff der Alte wieder das Wort: »Und ich soll beteiligt sein an Ihrer Einstellung zu Weihnachten? Das hätte ich gern näher erklärt!«

»Ich denke an einen bestimmten Tag,« begann sie zu erzählen.

»Das ist jetzt ... Moment ... sechzehn Jahre her. Ich ging in die erste Klasse. An dem Morgen – es war auch kurz vor Weihnachten – ging ich aber nicht in die Schule, denn ich war krank. Die Eltern waren nicht da. Ich lag in meinem Bett und fühlte mich ganz schrecklich einsam und verlassen. Dann klingelte es. Ich dachte, es sei meine Mutter und sprang so schnell auf, dass mir schwindelig wurde. Aber nur der Herr Reinhard, der Postbote, stand vor der Tür. Immerhin hatte er ein verheißungsvolles Paket in der Hand.«

»Ach! Jetzt erinnere ich mich. Ich wollte dir das Paket nicht geben … äh … Ihnen.«

»Was mich zutiefst enttäuschte und verärgerte. Als wenn ich nicht groß genug wäre, ein Paket anzunehmen!«

»Ich fragte, warum Sie nicht in der Schule sind, nicht wahr?«

Sie trank einen Schluck. »An die Worte kann ich mich nicht mehr erinnern. Jedenfalls sagten Sie sinngemäß, ich solle schnell wieder ins Bett gehen und an die Grippe denken. Ich vermute, dieser Begriff war mir damals noch nicht so vertraut. Schon gar nicht wusste ich, wie man das Wort schreibt. Jedenfalls dachte ich, Sie meinten die Krippe, die Weihnachtsfiguren, die meine Mutter am Tag vorher aufgestellt hatte. Und da ich verärgert, traurig und gelangweilt war, nahm ich die Figuren aus Holz mit in mein Bett und baute sie auf dem Kopfkissen auf. Da ließ sich mit den Schäfchen und Kamelen gut spielen. Aber immer mehr gingen meine Gedanken zu dem Kind in der Krippe. Ich fand mich darin wieder. Zwar waren seine Eltern da, Maria und Josef, aber wenn man bedenkt, dass Jesus eigentlich im schönen Himmel wohnte und nun im Stall auf Stroh schlafen musste … und Herodes wollte ihn töten.«

»Jesus ist gerade darum in so arme Verhältnisse gekommen, dass niemand sagen kann, er verstehe uns nicht.«

»So ähnlich hatte meine Mutter es mir auch erklärt. Ich weiß nicht mehr, wie meine Gedankengänge damals waren. Und bei denen, an die ich mich zu erinnern meine, kann es gut sein, dass ich im Nachhinein daran herumgebastelt habe. Aber ganz genau weiß ich noch, dass mich auf einmal ein großes Glücksgefühl erfüllte. Jesus, der Sohn Gottes, hat mich so lieb, dass er für mich auf die Erde kam. Und er war mir nun ganz nah! Nicht nur der Jesus aus Holz, sondern er selbst. Was machte es da aus, dass kein Mensch in der Nähe war! Alle Enttäuschung und aller Ärger war verflogen.«

»Und das alles, weil Sie es missverstanden haben, als ich

von der Grippe sprach? Deshalb meinen Sie, ich wäre beteiligt …?«

»Als ich meiner Mutter später davon erzählte, lachte sie laut. Und sie erklärte mir, dem ABC-Schützen, den Unterschied zwischen Grippe und Krippe. Aber ich fand es toll, dass ich das verwechselt hatte. Sonst hätte ich nicht die Nähe von Jesus so deutlich erlebt.«

Sie kippte den Rest des Glühweins runter und wusste nicht, ob dieser oder eher die Erinnerung sie von innen wärmte.

»Das Erlebnis war der Anstoß, dass ich die Einladung in den Kindergottsdienst und später in den Mädchenkreis gern annahm. Da hat sich manches geklärt und gefestigt. Aber der Anfang war …«

»Meine undeutliche Aussprache.«

»Ja, und der Frust, dass Sie mir noch nicht mal das Paket geben wollten. Keiner kümmerte sich um mich, keiner traute mir was zu. Ich hätte es damals nicht so formulieren können, aber heute verstehe ich, was da in mir vorging, und was bei Kindern nicht anders ist, als bei Erwachsenen: die Erfahrung, Jesus ist bei uns, auch wenn Menschen uns im Stich lassen.«

»Sagen wir's besser anders herum: Die Erfahrung ist bei Erwachsenen nicht anders als bei Kindern.«

»Sie meinen, weil Jesus gesagt hat, wir sollen werden wie die Kinder?«

»Ja. Haben Sie denn später verstanden, warum ich das Paket wieder mitgenommen und am nächsten Tag Ihrer Mutter abgegeben habe?«

»Nein … äh …Gab's dafür denn einen anderen Grund?«

»Allerdings. Ihre Mutter hatte für Sie zu Weihnachten eine Puppe bei einem Versandhaus bestellt. Wenn man das Paket drehte, rief es daraus ›Mama‹.«

»Ach – und wenn ich das gehört hätte … Sie wollten mir nicht die Weihnachtsüberraschung verderben!«

»Genau!«

»Danke, Herr Reinhard! Der Dank kommt etwas spät, zugegeben. Darf ich Ihnen wenigstens ein paar gebrannte Mandeln in die Hand schütten?«

»Nein, danke. Das ist nichts für meine Zähne.«

Gerrit Pithan

West-östliche Fremde

»Wunderbar. Einfach wunderbar, es schneit«, rief das Kind.

Der Himmel strahlte in einem hellen Blau, und die Kälte ruhte still auf den Dingen. Beide Flügel flatterten noch ein-, zweimal sacht, um dann ruhig zu werden. Der weiße Flaum auf der Unterseite bewegte sich schwach in der Brise, sodass er besonders verletzlich wirkte. Auf einmal flogen die Federn hoch, schimmerten im winterlichen Licht und taumelten verträumt zu Boden, wo schon etliche von ihnen lagen. Der Mann hielt den warmen Leib zwischen die Knie gepresst, während seine Rechte in fast mechanischer Art und Weise die Federn ausrupfte. Dass die Hand die Federn jedes Mal so hoch in die Luft warf, zeigte allerdings, dass er die Schönheit des Zusammenspiels von blauem Himmel und weißen Federn erkannt hatte.

Ähnlich wie die Federn in ihrem Schneegestöber taumelte auch sein Blick langsam von der Höhe des Himmels herab in den grauen Hinterhof, in dem er neben den Kellereingängen auf einer niedrigen Mauer saß. Das Kind stand vor ihm, folgte mit den Augen den tanzenden Federn und lachte. Dann rannte es über den Hof und verschwand im Treppenhaus. Er starrte auf die Fenster, die fast alle das Innenleben der Wohnungen mit verwaschenen Gardinen verhüllten. Ein Fenster war geöffnet, sodass Musik aus einem Radio zu hören war; allerdings klang die Musik in der kalten Luft so tot, als hätte der winterliche Atem ihr das Leben genommen. Er war sich nicht sicher, aber er meinte, dass das Kind mit seinen Eltern im dritten Stock lebte.

Langsam war der Blick des Mannes herabgesunken und nahm nun das Huhn wieder wahr, während seine Hand mit dem Rupfen fortfuhr. Die Federn ließen sich gut lösen, aber das war kein Wunder, da er das Tier schmerzlos mit einem Nadelstich in das Gehirn getötet hatte. Eine dicke Frau in einem bunten Kittel schlurfte über den Hof und leerte ihren Müll in einem der Container. Er lächelte, nickte ihr zu und wünschte einen »guten Tag«, auch wenn er sich nicht danach fühlte. Mürrisch grüßte die Frau zurück, bevor sie wieder verschwand. Man musste freundlich sein, um hier geduldet zu werden, das war Lew Iosif Grundmann bald nach seiner Ankunft in Deutschland klar geworden. Sowie man einen Akzent hatte, gingen die Menschen auf Distanz oder brüllten einen an, als ob man schwerhörig wäre. Deshalb das Lächeln, deshalb die Höflichkeit, auch wenn sie nicht von Herzen kam.

Der Mann öffnete die Knie, um das Huhn umzudrehen.

Du bist ein mageres Huhn, ein altes Huhn, dachte er, aber du passt zu uns. Wir sind auch nur zweite Wahl. Für eine gute Suppe wirst du trotzdem genügen.

Als er an die Suppe dachte, stand ihm sofort das Bild der kleinen Zweizimmerwohnung mit ihren schäbigen Möbeln vor Augen: das Doppelbett mit der durchgelegenen Matratze, in dem jetzt seine Frau, von der Entbindung geschwächt, schlief, die Küche mit dem Kohleofen, den schwitzenden Scheiben des Fensters und der Wiege des Säuglings. Er kniff die Augen zu in dem Versuch, die Bilder in seinem Kopf auszulöschen, und rupfte verbissen weiter. Jetzt sah er die Dorfstraße seiner alten Heimat mit den tiefen Radfurchen im Lehm vor sich. Er dachte an das verrottete Wellblech, die abblätternde Farbe, die mürben Ziegel der Häuser, an die Betrunkenen, die oft schon tagsüber herumtorkelten, und an die Hunde, die durch die wenigen Straßen streunten. Wie oft hatte er dort Hühner gerupft! Er lächelte skeptisch. Und doch war er ein Fremder gewesen, so wie er es jetzt auch war. Jeder Morgen wurde ihm verleidet, wenn er im Spiegel sein rundes, slawisches Gesicht mit den leicht abstehenden Ohren sah. Struppiges Haar in der Farbe nassen Strohs hing über seinen immer erstaunten Augen, denen es nicht gelang, etwas von männlicher Härte und Entschlossenheit anzunehmen. Damals hatte man ihm das Fremde weder angesehen noch angehört, dafür hatte man ihm aber seine Herkunft vorgeworfen. Und nun? Nun war er in der Heimat, er lächelte gequält, denn das Wort hatte jede Bedeutung für ihn verloren, und er war trotzdem ein Fremder, vielleicht sogar spürbarer als früher.

Sein Blick ruhte auf dem Kopf des Huhnes, der schlapp hin- und herbaumelte, immer wieder angestoßen durch die Bewegung des Rupfens. Einige letzte Handgriffe noch, dann war die Arbeit getan. Das Huhn lag nackt in der blassen Sonne, die nur wenig vom Boden des Hofes erreichte, während der Mann mit langsamen Bewegungen die Federn zusammenkehrte, um sie zum Müll zu bringen. Er schüttelte leicht den Kopf; früher hätte er das nicht getan, man hätte die Federn für ein Kissen verwandt, aber so etwas tat man in diesem Land nicht mehr. Alles ist ein einziger Müllcontainer, der ganze Häuserblock, dachte er, als er das Huhn packte und den Hof verließ.

Um vom Hof zum Treppenhaus zu gelangen, musste er den aufgerissenen Schlund der Hofeinfahrt passieren. Hin- und hergeworfen von den Mauern und dem Kopfsteinpflaster wurde der Lärm der Fußgängerzone zerrissen und undefinierbar. Alles klang unverständlich.

Der Mann blieb bei der Tür, die zur Treppe führte, stehen und blickte aus dem Dunkel zu der hellen Öffnung, an der die

Menschen mit starren Blicken vorbeihasteten. Instinktiv zog er sich einen Schritt weiter in das schützende Dunkel zurück, um dann mit leerem und zugleich befremdeten Gesicht das Treppenhaus zu betreten.

Vier grau-schwarz gesprenkelte Granitstufen führten zu einem Podest, von dem aus sich die Holztreppe nach oben schraubte. Bedächtig folgten seine Füße der ausgetretenen Spur, die Generationen hier hinterlassen hatten. Wer seine Schritte gehört hätte, wäre der Meinung gewesen, dass sich ein alter Mann empormühte, aber das Alter versuchte nur seinen Kopf, nicht seinen Körper. Vor ein paar Monaten hatte er zwei Stufen zugleich genommen, um mit gerötetem Gesicht und glänzenden Augen sein Heim zu erreichen. Wie schnell sich alles ändert, dachte er und unterzog sich der Mühe, seinen Bewegungen etwas mehr Leben einzuhauchen, aber seine Gedanken ließen dieses Vorhaben schnell wieder entgleiten. Wie irrsinnig glücklich war er damals gewesen, aber vielleicht war schon der Wunsch nach Glück nichts anderes als Irrsinn.

Er hatte sie im Bus kennengelernt, als sie ihm in einer Kurve aus Versehen den Inhalt einer Flasche über die Hose gegossen hatte. Es war ihr so peinlich gewesen, dass er sie kaum hatte beruhigen können. Erst als er ihr versprach, mit zu ihrer Wohnung zu kommen, um seine Hose reinigen zu lassen, gewann sie ihre Fassung zurück. Selbst jetzt musste er unwillkürlich lächeln, wenn er an ihre Aufregung zurückdachte, an ihr zerzaustes Haar, das glühende Gesicht. Fassungslos hatte er ihre Schönheit angestarrt und war ihr willenlos gefolgt. So banal, so zufällig war das damals gewesen. Er hatte es einfach hingenommen, dass sie sich mit einem so farblosen Wesen wie ihm abgab. Warum hätte er nach einem Grund forschen sollen? Auch heute war er immer noch davon überzeugt, dass sie nichts geplant hatte, dass es tatsächlich Zufall gewesen war, der sie zusammengeführt hatte, oder eine freundliche Schicksalsmacht, wie er geglaubt hatte.

Der Mann war stehen geblieben, umklammerte das Treppengeländer und starrte auf die Stufen. Das Holz war in der Mitte zu einer flachen Mulde abgetreten, auf der der braune Lack nicht mehr haftete. Die Maserung bildete altersbedingte Schrunden und Risse und war von Hektolitern beißender Lauge zu einem toten Grau verkümmert, das nur noch das Zerrbild lebendigen Holzes war. Einige Stufen waren gerissen und ächzten, wenn sie belastet wurden. Er fühlte sich dem geschundenen Holz verbunden und wünschte sich, ebenfalls tote Materie zu sein. Sein Blick flüchtete die Treppe empor. Das waren alles Details, die er vor einiger Zeit noch nicht bemerkt hatte.

Alles war von Glück erfüllt gewesen, sodass sogar das kalte Deutschland etwas Freundliches bekommen hatte. Sie hatten sich immer öfter getroffen, wobei er jedes Mal aufs Neue von ihrer Lebendigkeit fasziniert war. Es wirkte so befreiend auf ihn, dass er die Fremde um sich weniger bedrohlich fand. Selbst seinen Akzent lernte er zu ignorieren und wurde mitteilsamer. Er hatte Mut gefasst, sogar Träume zu formulieren, weil sie ihm zuhörte und auch von ihren eigenen sprach. Trotz aller Unterschiede hatten sie sich auf eine ihnen beiden unerklärliche Art und Weise verstanden. Irgendwann zog sie zu ihm in die Wohnung, und wenig später heirateten sie. In diesem Punkt konnte er sich von den Traditionen, in denen er aufgewachsen war, nicht trennen, aber es war für sie kein Problem gewesen. Sie hatte schlicht und einfach mit Ja auf seine zitternde Frage geantwortet, und diese letzte Klippe seiner Angst war umschifft worden. Als wäre er nie vorhanden gewesen, so war sein unergründbarer Widerwille gegen sich selbst und diese Welt verschwunden. Sein ständiger Begleiter, die Fremde, hatte sich zurückgezogen; auf einmal war er jemand gewesen, er hatte eine Stelle auf dem Bau, eine Wohnung, eine Frau und, das war die Krönung seiner Freude gewesen, die Ankündigung eines Kindes.

Er hatte inzwischen den letzten Treppenabsatz vor seiner Wohnung erreicht und blickte stumpf vom Flurfenster hinab in die Fußgängerzone der Stadt. Alle diese Menschen schienen Ziele zu haben, denen sie hinterherhasteten. Was waren das nur für Ziele? Er fasste die fremden Gesichter ins Auge, die in endloser Folge vor dem Haus vorbeizogen. Nach und nach wurde er sich wieder des Huhnes bewusst, das er immer noch in der Hand hielt. Er musste sich beeilen, die Suppe für seine geschwächte Frau zu kochen, um endlich hinauszugehen, auf die Suche nach einer neuen Stelle.

Er hatte sich auf der Großbaustelle geweigert, Pfuscharbeit auszuführen, was ihm bald die Kündigung eingebracht hatte.

»He, Russki«, hatten sie gesagt. »Stell dich nicht so an, du kennst das doch von zu Hause, da habt ihr doch nichts anderes gemacht!«

Mit all seinem Stolz und mit all seinem neuen Glück, das ihn erfüllte, hatte er die Kündigung ohne Kommentar hingenommen. Zu Hause fand er seine Frau, die in der Wohnküche saß und weinte. Irritiert setzte er sich zu ihr, um sie mit hilfloser Geste zu trösten. Sie wischte diesen Versuch mit der Bemerkung vom Tisch, dass sie so nicht weiterleben könne. Er hatte ihr sein Gesicht zugewandt, um sie wirklich zu verstehen, aber sie wich seinem Blick aus, während ihre Hände auf dem gewölbten Bauch hin- und herfuhren. Dann eröffnete sie ihm, dass das Kind nicht von ihm sei. Eine unendliche Stille versuchte, ihn von innen zu ersticken, während seine Frau in Angst erstarrte, als ob sie Schläge erwartete.

»Warum dann diese Heirat?«, stieß er tonlos hervor.

»Das Kind braucht einen Vater.«

»In der heutigen Zeit?!« Die Bitterkeit in seiner Stimme ließ sie zurückschrecken.

»Ich brauchte jemanden.«

Wie ein Blinder wandte er sich ab und schritt zum Fenster.

»Warum ich?«, warf er ihr hin.

Sie folgte ihm mit den Augen.

»Du … du warst so rechtschaffen, so unschuldig.«

»Das sind nur andere Worte für … langweilig.«

Sein Blick folgte nicht mehr den Menschen auf der Straße, sondern musterte die Gardine des Flurfensters. Einmal pro Woche musste er die Treppe putzen, einmal im Vierteljahr die Gardine waschen, aber das interessierte ihn nicht. Als hätten sich die Worte in seinem Gedächtnis eingefressen, hörte er den Dialog immer wieder, und immer wieder riss die Verletzung auf. Er hatte sie nicht verlassen, wenn er auch nicht wusste, warum. Beziehungslos, als lebten sie in einem Vakuum, teilten sie die Wohnung miteinander. Dort oben hinter der Tür schlief sie jetzt erschöpft durch die Geburt, und er musste sich um das Kuckucksei kümmern, das sie ihm in die Küche gelegt hatte. In seiner alten Heimat wäre er längst eine Witzfigur, und auch die Menschen hier würden spotten, wenn er jemanden näher kennen würde. Konnte es überhaupt irgendwie weitergehen? Ratlos blickte er zum Himmel, der sich inzwischen zugezogen hatte, resigniert erstieg er die letzten Stufen und schloss die Tür auf.

Am Abend stand Lew Iosif Grundmann in seiner Küche und blickte hinab auf die immer noch belebte Straße, wo ein Trupp Arbeiter damit beschäftigt war, die Adventsbeleuchtung über der Fußgängerzone anzubringen. Künstliches Tannengrün spannte sich über die Straße, das in der Mitte von einem großen Stern, einem Weihnachtsbaum oder einem Engel aus Glühbirnen unterbrochen wurde. Unter seinem Fenster wurde ein Engel befestigt, wobei zwei Arbeiter auf jeder Straßenseite auf Leitern standen, während ein Dritter die Lichterkette in der Mitte mit einer Stange hochhielt.

Da wo er früher gelebt hatte, waren diese Festsymbole nie zu sehen gewesen, hier sah man sie in allen Schaufenstern, an denen die Menschen vorbeieilten, und doch war alles inhaltsleer.

Er blickte auf die Arbeiter herab, die mit routinierten Griffen die Dekoration befestigten. Selbst Feiern wurden in Deutschland mit einer Perfektion durchgeführt, die ihn kalt anmutete. Jetzt stiegen die Männer von den Leitern und schalteten den Strom ein. Nichts geschah. Die Arbeiter diskutierten miteinander, um dann an den Kabeln zu rütteln. Flackernd leuchteten die Birnen auf, sodass die Arbeiter befriedigt zum nächsten Haus gingen. Aber immer wieder setzten die Birnen für einen Herzschlag aus, um dann erneut zu leuchten. Dem Mann hinter dem Fenster war der kleine Wackelkontakt sympathisch, besonders dass er gerade hier unter seinem Fenster war.

Immer weiter schaute er auf die dunkler werdende Straße und den flackernden Engel herab, nicht weil es so interessant war, sondern weil er es herauszögern wollte, sich mit seiner verfahrenen Situation zu beschäftigen. Er wusste, was hinter seinem Rücken wartete: Das Kind schlief und roch nach Milch, weil seine Frau es vor kurzer Zeit gestillt hatte. Bisher war kein Lebenszeichen von ihr zu hören gewesen, woraus er schloss, dass sie schlief und seine Rückkehr noch nicht bemerkt hatte. Es war gut so, denn er hätte nicht gewusst, was er sagen sollte.

Fröstelnd zog er die Schultern hoch; dieser Zustand wurde immer unhaltbarer. Er konnte nicht weiter so tun, als wäre nichts geschehen oder als sei seine Frau einfach nicht vorhanden. Was hätten die Männer in seinem alten Dorf getan? Sie hätten die Frau verprügelt und sich dann betrunken. Und hier? Die Menschen waren überall gleich, nur dass hier die Gewalt hinter größerer Höflichkeit verborgen wurde. Er schüttelte langsam den Kopf; das konnte er nicht. Das Äußerste war, sie und das Kind rauszuwerfen. Er stellte sich seinen Zorn in Gedanken vor, aber er verspürte keine Erleichterung.

Die Finger seiner Hand fuhren über die beschlagene Fensterscheibe. Was würdest du mir raten?, dachte er und blickte auf den flackernden Engel herab. Du Freudenbringer, Hoffnungsträger! Er lächelte bitter. Was willst du mit deiner Botschaft in dieser Fremde? Die Menschen laufen achtlos durch die Straßen, und es hat sich noch nie etwas geändert.

Die Glühbirnen flackerten unbeirrt.

Hoffnung! dachte er. Er hatte fast Angst davor. Auf dem Markt hatte ihn der Gärtner angesprochen, bei dem er immer Blumen für seine Frau gekauft hatte, und bot ihm trotz der winterlichen Jahreszeit einen besonders schönen Strauß an. Zögernd war er stehen geblieben und hatte bedauernd erklärt, dass er wegen seiner Arbeitslosigkeit kein Geld habe. Anstatt sich sofort abzuwenden, hatte ihn der Mann gemustert, dann schob er ihm ein Stück Einwickelpapier mit seiner Adresse zu und meinte, er solle sich nach den Feiertagen bei ihm melden, vielleicht habe er ja etwas für ihn.

Was war, wenn das auch nur ein kalter Traum blieb? Und doch war es ein Ziel.

Doch ein wenig Hoffnung? Wie eine Frage blinkten die Birnen vor dem Fenster.

Er schaute kurz in das Zimmer, aber das Kind hatte nur im Schlaf geschmatzt. Sofort blickte er wieder hinaus. Dieses fremde Kind in seiner Küche! Warum hatte sie es ihm nur gesagt? Er hätte es nie gemerkt und nie die Monate nachgerechnet. Sie hätte es nicht sagen müssen. Warum nur die Wahrheit?

Er lehnte die Stirn gegen die kalte Scheibe. Sie, die ihm alles hätte beantworten können, lag im Nebenzimmer, aber er konnte nicht zu ihr gehen und sie daraufhin ansprechen. Bedeute ich ihr etwas?, fragte er stumm zum Fenster hinaus. Wenn ich ihr gleichgültig wäre, hätte sie schweigen oder mich einfach verlassen können. Er war aus einer Fremde in die andere gegangen; sie hatte sie ihm erträglich gemacht und war dann zu einer neuen Fremde geworden. Auch in glücklichen Zeiten war sie ihm ein Geheimnis gewesen, aber das Geheimnisvolle ihrer Persönlichkeit machte den Wert ihrer Beziehung aus.

Du willst wohl unbedingt, dass ich hoffe, mein elektrischer Engel, dachte er und schüttelte skeptisch den Kopf.

Als er seine Hände in den Hosentaschen vergrub, sah er etwas Weißes im Aufschlag seines linken Hosenbeines leuchten.

In Gedanken bückte er sich und holte eine Feder des Suppenhuhnes hervor, die sich dort verfangen hatte. Zwischen zwei Fingern hielt er sie hoch.

So etwas fehlt dir, mein flackernder Freund. Ich hoffe, dir geht nicht der wärmende Strom aus. Aber der Engel verstrahlte unbeirrt sein zitterndes Leuchten.

Langsam trat der Mann an das Bett des Säuglings und schaute auf das schlafende Kind. Er beugte sich vorsichtig herab, um es mit der Feder an der Nase zu kitzeln. Eine kleine Hand wischte sich vergebens durch das Gesicht, das sich dann zu einer Grimasse verzerrte, ohne jedoch wach zu werden. Während er noch auf das komische Wesen schaute, rief eine Stimme aus dem Nebenzimmer.

»Lew!«, rief die Stimme, aber er blickte immer noch auf das schutzlose Wesen. Dann öffnete sich die Tür des Schlafzimmers, und sie trat mit verlorenem Schritt aus der Dämmerung, um sich zerbrechlich an den Türpfosten zu lehnen.

»Lew, ich habe Angst!«

Sein fadenscheiniger Anzug knisterte beim Aufrichten; das Lächeln auf seinen Zügen, mit dem er das Bündel vor sich betrachtet hatte, verschwand, als er sich ihr zuwandte. Ein Moment des Zögerns verharrte zwischen ihnen, dann streckte er ihr die Hand entgegen.

»Ich auch«, meinte er, »ich auch.«

Katrin Schäder

Tea for two

Wunderbar. Einfach wunderbar. Frau Gisela Anger schüttelte den Kopf, sodass eine graue Haarsträhne, die sich aus ihrem Dutt gewagt hatte, in hektische Bewegung geriet. Die anderen Zugfahrgäste saßen wie versteinert – oder steif gefroren? – auf ihren Plätzen und starrten vor sich hin. Der Zug selbst bewegte sich schon seit einer knappen Dreiviertelstunde nicht. Und würde es wohl auch so bald nicht tun.

Dies jedenfalls hatte gerade eine knarzende Durchsage aus den Lautsprechern verkündet, die wie leere Joghurtbecher in die Zugdecke eingelassen waren. Eigentlich sollten diese Dinger schwarz sein, fand Frau Gisela. Rabenschwarz. Denn aus ihnen kamen ja nur lauter unangenehme, ärgerliche Sachen. So wie eben jetzt: »Sehr verehrte Fahrgäste, die Abfahrt unseres Zuges verzögert sich wegen wetterbedingter Störungen auf unbestimmte Zeit.« Fürchtet euch nicht.

Solch eine Durchsage trieb einen ja schon an ganz normalen Tagen zur Verzweiflung. Aber heute war Heiligabend! Der 24. Dezember, 16.39 Uhr! Ihre Kinder, die sie abholen sollten, froren sicher schon am Bahnsteig, und dieser Zug stand einfach irgendwo im Spessart. Fehlten nur noch die obligatorischen Räuber!

Einer davon saß ihr vermutlich gegenüber. Das war jedenfalls Frau Angers erster Gedanke, als sich dieser … langhaarige Bombenleger auf den freien Platz gesetzt hatte. Eigentlich auf alle zwei freien Plätze, denn er war genauso breit wie hoch. Und hatte zwischen seinen umfangreichen Barthaaren nur ein sehr undeutliches »Tach!« hindurchgequetscht.

Und kalt war es auch noch! Vermutlich funktionierte die Heizung nur, wenn der Zug fuhr. Ob der da gegenüber nicht auch fror in seinen abgewetzten Lederklamotten? Frau Gisela hatte eine Idee. Irgendwo im Koffer oben im Gepäckfach musste doch die Thermoskanne sein! Mit klammen Fingern kämpfte sie mit dem Reißverschluss, zog und rüttelte daran herum. Plötzlich gab er nach, und die Thermoskanne fiel ihr entgegen.

»Hupps! Dumm gelaufen!« – Und schon hatte der »Bombenleger« mit einem schiefen Grinsen zugegriffen und die Kanne geistesgegenwärtig aufgefangen.

»Danke!«, brachte Frau Anger heraus. Und fragte dann – mehr aus Höflichkeit: »Möchten Sie vielleicht ein bisschen Zitronentee? Nicht frisch, aber dafür lauwarm!«

»Guter Spruch!«, sagte der Retter ihrer Thermoskanne. »Klar. Gerne!«

»Ich habe aber nur einen Becher!«, meinte Frau Gisela, um dann resolut zu entscheiden: »Sie rechts, und ich links!«

»No problem!«, knurrte das Gegenüber. Oder klang es nur geknurrt?

»Wieso fahren Sie denn am Heiligabend mit der Bahn?«, fragte Frau Gisela und wunderte sich dabei über ihren eigenen Mut.

»Maschine kaputt!«, kam es aus der Bartfülle. »Mein – äh – Motorrad. Es mag die Kälte nicht. Ich übrigens auch nicht. Und wo wollen Sie heute noch hin?«

Frau Gisela holte tief Luft. »Zu meinen Kindern nach Würzburg. Und die stehen sicher schon längst am Bahnsteig. Und ich kann ihnen nicht Bescheid geben!« Sie schluckte.

»Haben Ihre Kinder Handy?«

Frau Gisela nickte.

»Und haben Sie die Nummer?«

Nochmaliges Nicken.

»Geben Sie mal her!«

Gehorsam suchte Frau Gisela den Zettel mit der Notfall-Handy-Nummer ihres Sohnes. Der Bartträger guckte mit schiefem Kopf nach der Zahlenfolge, tippte auf einem winzigen

Stück Plastik herum und hielt es ihr nach einem kurzen »Einen Moment …« ans Ohr.

»Hallo?«, rief sie hinein. »Jochen? Bist du's? Ich sitze hier noch im Zug. Der hat eine Panne – oder wie auch immer das heißt. Ich nehme dann ein Taxi. Nein, macht euch keine Sorgen, ich bin in guten Händen!« Sie lächelte verschwörerisch zum Handybesitzer. Der lächelte zurück, was man allerdings unter der Haarfülle lediglich erahnen konnte.

Zwei Stunden später kletterte Frau Gisela Anger – mit etwas steifen Beinen vom langen Sitzen – aus dem Zugwaggon. Noch bevor sie sich nach einem Taxi umsehen konnte, liefen ihre Enkel jauchzend auf sie zu. »Oma! Na endlich!«

»Aber ihr solltet doch nicht …«, sagte Frau Gisela verdutzt. »Woher wusstet ihr denn …?«

»Oma, wer war denn der Mann mit dem großen Bart, der dir da gerade gewinkt hat?«, fragte der fünfjährige Benjamin und sah verblüfft dem abfahrenden Zug nach. »Der, der uns gerade angerufen hat?«

Frau Gisela folgte seinem Blick, schüttelte wieder den Kopf und sagte leise: »Weißt du, das war vielleicht das Christkind …«

Mathias Jeschke

Das Weihnachtslied des Kapitäns

»WUNDABAA. EINFACH WUNDABAA!«, krakeelte der Papagei, als ich die Kammer des Kapitäns betrat. Der Alte hatte mich nach der Decksmusterung gebeten, zu ihm zu kommen.

»Moin, Willms«, brummte er.

»Moin, Herr Kap'tän«, grüßte ich zurück. Ich wusste nicht recht, was das werden sollte.

»Willms, wollte fragen, ob Sie Lust haben, heute Abend nach unserer kleinen Feier noch'n bisschen zu mir zu kommen?« Eigentlich wurde man ja nie schlau aus ihm, aber mit einer Einladung hatte ich am wenigsten gerechnet.

»Können wir noch 'n Punsch miteinander trinken, wir zwei.« Er hatte wohl mein Zögern bemerkt und setzte hinzu: »Wenn Sie wollen …«

»Ja. Klar, Kap'tän, das will ich wohl tun«, sagte ich schnell. »Komm ich nach der Feier noch zu Ihnen.« Ich schaute ihn an. Er blickte auf seine Papiere.

»Dann geh ich jetzt mal wieder«, sagte ich.

»Ja, geh man, Willms. Aber nich' vergessen: heut Abend bei mir.«

Der Papagei, dem der Alte den Namen Joseph gegeben hatte, wackelte auf seiner Stange von einem Fuß auf den anderen und wiegte den ganzen Körper dabei heftig hin und her.

»Wundabaa, einfach wundabaa!«, krächzte er mir hinterher, als ich die Kammertür wieder schloss.

Reinschiff stand auf dem Dienstplan. Immerhin war es Heiliger Abend, und an so einem Tag, da sollte der Pott wohl blitzen und blank sein. Ich war dafür verantwortlich, das Schiff über die Toppen zu beflaggen und alle Lichter zu setzen – der große Festtagsschmuck.

Wir lagen natürlich nicht allein auf Reede vor Shanghai; alle anderen Schiffe um uns rum würden genauso geschmückt sein. Wie lauter Weihnachtsbäume mitten auf dem kabbeligen Wasser.

Während ich so vor mich hinwirtschaftete, ließen mich die Gedanken an den Besuch beim Alten nicht los. Was der wohl von mir wollte? Eigentlich war er immer ziemlich reserviert der Mannschaft gegenüber. Da konnten die meisten an Bord ein Lied von singen. Der bruddelte immer so in sich hinein.

Wenn man was von ihm wollte, musste man schon einen guten Moment abpassen, sonst konnte man's vergessen.

Da hatten die anderen Jungs schon mal einen Kommentar für ihn übrig. Wie auch für mich. Wenn die mal nicht so gut auf einen zu sprechen waren, dann konnte man sehen, wo man blieb. »Bible-man, go home!«, raunten sie mir ab und an mal zu, wenn ich irgendwo auftauchte und lachten sich dann ins Fäustchen. Denen geht's anscheinend auch nicht gut, wenn sie nicht einen haben, über den sie herziehen können. Nur, weil ich in der Koje 'ne Bibel stehen hab' und abends drin lese.

»Willms«, sagte der Alte, als ich dann nach der etwas steifen gemeinsamen Weihnachtsfeier schließlich mit ihm vor dem dampfenden Punschglas saß, »Ich wollte mal mit jemandem anstoßen. Ich hab heute erfahren, dass ich Großvater geworden bin. Meine Tochter, die ist mein einziges Kind, hat einen Sohn gekriegt. Dachte, das muss man 'n bisschen feiern.«

»Wundabaa, einfach wundabaa«, posaunte da der Papagei.

Der Alte schaute mich an. »Wissen 'se eigentlich, was der komische Vogel da singt?«

»Nee, Herr Kap'tän.« Ich hatte keine Ahnung.

Da fing der Alte an, leise vor sich hinzubrummen, in einer Art Sprechgesang:

»Wunderbar, einfach wunderbar,
was in Bethlehem geschah.
Gottes Sohn
kam vom Thron
auf die dunkle, kalte Erde,
dass es auf ihr Friede werde.

Wunderbar, einfach wunderbar.
Wer im Stall das Kind ansah,
wusste gleich,
dass das Reich

Gottes mit dem Kind im Arm
Marias seinen Anfang nahm.
Wunderbar, einfach wunderbar,
unser König ist jetzt da.
Dich, den Herrn,
Morgenstern,
loben wir mit Mund und Händen,
du wirst unsre Herzen wenden.«

Wo er das wohl ausgegraben hatte? So aufgetaut hatte ich ihn noch nie erlebt. Der Alte guckte zu Boden, dann hob er den Kopf und blickte mich an. Er schaute mir kurz in die Augen und er sah mir wohl an, dass ich mich mitfreute, denn er lächelte.

Dann sagte ich: »Na, denn man frohe Weihnachten, Herr Kap'tän!«, und hob das Glas.

Kai-Uwe Woytschak

Südtiroler Herbstmedaillons

»Wunderbar. Einfach wunderbar!« Die blonde Mittdreißigerin bringt schräg vor mir ihren Einkaufswagen zum Stehen und starrt auf die kleinen Patschhände ihres Sohnes. Als ich an den beiden vorbeigehen will, kann ich erkennen, was der Knirps aus dem Supermarkt-Regal genommen hat: einen Schokoladen-Weihnachtsmann. Den Gesichtsausdruck des Jungen kenne ich nur allzu gut. »Will haben!«, bedeutet diese Mischung aus bettelndem Blick und freundlichem Lächeln. Als Kind hatte ich damit auch fast immer Erfolg.

»Einfach wunderbar!«, sagt die Mittdreißigerin noch einmal mit einer gehörigen Portion Missbilligung in der Stimme und scheint jetzt mich anzusprechen. »Wir haben gerade mal Mitte September und die verkaufen hier schon jede Menge Weihnachtsartikel.« Mit einigen für Mütter ziemlich typischen Worten nimmt die Frau ihrem Sprössling den Weihnachtsmann aus der Hand, legt ihn wieder zurück ins Regal und schiebt ihren Einkaufswagen weiter in Richtung Gemüseabteilung. Der kleine Junge folgt ihr nur widerwillig. – »Schön, dass ich erwachsen bin«, denke ich vergnügt bei mir selbst und lege eine Packung Lebkuchen in meinen Einkaufskorb.

Zwei Tage später zur Kaffeezeit: Das Thermometer auf dem Balkon zeigt achtundzwanzig Grad im Schatten. Auf dem Tisch steht ein großer Pott Kaffee und genau jene Packung Lebkuchen. Plötzlich klingelt's an der Wohnungstür. Mein Freund Thomas schaut eben mal kurz vorbei. Ich hole eine zweite Tasse aus der Küche und schenke ihm ein, während er schon munter die neuesten Neuigkeiten aus unserer Kirchengemeinde erzählt.

Plötzlich wird sein Redefluss etwas stockender, seine Stirn legt sich in Falten, einen Moment lang schweigt er, und dann fragt er mich: »Das darf doch wohl nicht wahr sein! Mitten im Sommer futterst du Weihnachtslebkuchen?«

»Spätsommer«, korrigiere ich ihn, »wir haben Spätsommer. In anderthalb Wochen ist Herbstanfang.«

»Das ändert nichts daran, dass die Geschäftsleute immer früher ihr Weihnachtszeugs anbieten und einem damit das ganze Weihnachtsfest verderben.«

Ich könnte Thomas auf den Mond schießen. Was hat er gegen Leute, die friedlich auf ihrem Balkon sitzen, die Sonne genießen und nebenbei ein paar Lebkuchen vernaschen?

Meine Augen verformen sich langsam zu schmalen Sehschlitzen. »Noch was?«, frage ich ihn leicht giftig.

»Ja«, sagt er, »vor allem die Kinder wissen bald nicht mehr, was es heißt, mit Geduld auf ein großes geistliches Ereignis zu warten. Wenn sie Weihnachten schon im September erleben können, dann dauert's nicht mehr lange, dass sie ihre Kindergebete ebenfalls ruck, zuck von Gott erfüllt haben möchten.«

»Da hast du schon recht«, sage ich zu Thomas, »aber das hier sind keine Weihnachtslebkuchen, sondern Original Südtiroler Herbstmedaillons.«

»Südtiroler – was?«

»Südtiroler Herbstmedaillons«, wiederhole ich mit einer gewissen Schärfe in meiner Stimme. »Der Schokoladenüberzug erinnert an den Überfall afrikanischer Soldaten auf Südtirol im Jahre 1563. Und die weißen Oblaten auf der Unterseite symbolisieren die Südtiroler Widerstandsbewegung, die lange Zeit verborgen im Untergrund gegen die schwarze Fremdherrschaft aufbegehrte.«

Thomas guckt mich sekundenlang an, ohne etwas zu sagen.

Ich versuche ernst zu bleiben und möglichst grimmig dreinzuschauen.

»Und warum steht auf der Packung ›Original Nürnberger Lebkuchen‹?«, fragt Thomas vorsichtig nach.

»Weil Nürnberg damals, wie jeder gebildete Mensch weiß, zu Oberitalien gehörte und Oberitalien eine direkt abhängige Provinz von Südtirol war«, kommt es wie ein Pistolenschuss aus meinem Mund.

Mit ein paar eleganten Überleitungssätzen wechselt Thomas das Thema und verabschiedet sich nach gut einer Stunde. Ich bleibe noch eine Weile auf dem Balkon sitzen und bin erschrocken darüber, wie ich mein Gegenüber nur so schamlos belügen konnte. Nach einer Weile hole ich meine Bibel und mache mich auf die Suche nach jener Stelle, wo es heißt: »Du sollst nicht Lebkuchen essen, bevor es Weihnachten wird!«

Ich habe die Bibelstelle bis heute nicht gefunden.

Karin Stoletzky

Der Katzen-Engel

»WUNDERBAR, EINFACH WUNDERBAR!«, murmelte Lena wütend vor sich hin, gab ihrem Einkaufswagen einen kräftigen Schubs – und fuhr der Frau vor ihr kräftig in die Fersen. Mit einem leisen Jammerlaut ging die alte Dame leicht in die Knie und verlor dann ganz den Halt.

Auch das noch!, dachte Lena erschrocken, als sie sich neben die Verletzte kniete. Das Gesicht, das sie vor sich sah, war irgendwie etwas Besonderes. Vom Leben tief zerfurcht, mit blitzblauen Augen, lebendig funkelnden Augen, die jetzt vor Schmerz leicht zusammengekniffen waren.

»Können Sie aufstehen?«, fragte Lena besorgt.

»Ich versuchs mal, wenn Sie mir helfen.« Als sich die alte Dame endlich mit ihrer Hilfe hochgerappelt hatte, hing sie schwer an Lenas Arm. Vorsichtig versuchten sie gemeinsam einen Schritt.

»Oh, es geht nicht, ich kann den Fuß nicht belasten! Es tut mir leid, aber es geht wirklich nicht. Haben Sie so ein Dings, so ein Handy dabei? ... könnten Sie mir vielleicht ein Taxi rufen, damit ich heimkomme? Es ... es ist mir etwas peinlich, aber könnten Sie mir dann vielleicht noch einen Gefallen tun? Wären Sie so lieb, meinen Einkauf für mich zu Ende zu erledigen? Ich bin alleinstehend, was ich jetzt nicht mitnehme, bekomme ich auch nicht irgendwie anders.«

Lena, die sich innerlich schon auf eine Schadensersatzforderung eingestellt hatte, zückte erleichtert ihr Mobiles. »Klar, gern!«, antwortete sie.

Dann nahm sie die alte Frau, die sich schwer auf den Einkaufswagen stützte, noch einmal bewusst wahr und dachte: Lena, alte Egoziege, willst du sie jetzt ernsthaft allein ihrem

Schicksal überlassen? Und das am Heiligen Abend? Und nächste Woche liest du dann in der Zeitung: Alte Frau tot in ihrer Wohnung gefunden. – Und so steckte sie ihr Handy wieder weg und sagte: »Ich bringe Sie lieber mal selbst in die Krankenhaus-Ambulanz und dann nach Hause. Warten Sie, ich hole ihnen etwas zum Hinsetzen, und dann sagen Sie mir, was ich einkaufen soll.«

Und weil Lena nun mal ein Organisationstalent war, stand null Komma nichts ein bequemer Stuhl aus der Möbelabteilung mitten zwischen den Regalen, und sie machte sich mit einer Einkaufsliste in der Hand auf den Weg. Alles klar, obwohl …

»Entschuldigung, hier steht 50 Packungen Katzenfutter!« Lena sah ihr Gegenüber unsicher an. Man hörte ja so viel von verwirrten alten Leuten … Aber ihre alte Dame sah sie strahlend und gänzlich unverwirrt an. »Stimmt, aber wo Sie mir jetzt ja tragen helfen, könnten wir ja auch siebzig Packungen nehmen! Ich nehme immer das billige, ich fütterte nämlich die streunenden Katzen!«

»Ah ja«, sagte Lena und dachte: Da kann man so normal aussehen wie man will … – »Gut«, sagte sie und schob los.

Nach zwanzig Minuten stand sie mit viel mehr Katzen- als Menschenfutter in zwei übervollen Einkaufswagen und einer stark humpelnden alten Dame an der Kasse und wunderte sich über sich und die Welt. In diesem Laden schien man die Frau zu kennen, überall wurde sie gegrüßt und jeder schien um sie besorgt. »Ach, Frau Mielke, haben Sie Ihre Enkelin mitgebracht?«, fragte die Verkäuferin freundlich lächelnd.

»Nein, Frau Gunther, das ist eine sehr nette junge Frau, die mir hilft. Sind denn die Weihnachtstüten fertig?«

»Ja«, sagte Frau Gunther, »sie stehen da hinten in den Bananenkartons. Der Chef hat von sich aus überall noch ein Paar Socken dazugetan.«

»Das ist aber nett!«, strahlte Frau Mielke und wandte sich

dann an Lena: »Haben Sie ein großes Auto? Können Sie die Kisten auch noch mitnehmen?«

Im Hintergrund sah Lena vier große Bananenkartons voll mit prall gefüllten Weihnachtstüten. »Ja, das ginge schon«, sagte sie zögernd, »aber was haben Sie denn mit denen vor?«

»Die verteilt unsere Frau Mielke an Obdachlose!«, lachte die Verkäuferin, »wussten Sie das nicht? Macht sie jedes Jahr!«

Langsam wurde Lena klar, dass sie wohl so was wie den Weihnachtsmann, pardon, die Weihnachstfrau für streunende Menschen und Katzen angefahren hatte. – Okay, wer A sagt … – »Gut, bleiben Sie am besten hier bei der Kasse sitzen, während ich alles einlade«, sagte sie. Und mithilfe der halben Ladenbesatzung waren die Sachen schnell verstaut. Fast jeder hatte ein anerkennendes Wort für sie. »Wie schön, dass Sie das machen.« – »Ich habe schon überlegt, ob wir vom Laden ihr vielleicht helfen, sie schafft das doch kaum noch allein. Spart das ganze Jahr ihre Rente zusammen, damit sie das alles bezahlen kann und wird auch nicht jünger und rüstiger … Dass Sie jetzt da sind, ist ja wie ein Geschenk des Himmels.«

»Na ja«, dachte sie bitter, »wenigstens für einen Menschen bin ich dann ja wohl nützlich …« Sofort schwirrten dieselben traurigen und wütenden Gedanken durch ihren Kopf wie vorher, aber sie schüttelte sie energisch ab. Dazu war später Zeit, jetzt war die Aktion: »Rettet die alte Dame!« dran.

Als sie Frau Mielke sicher im Auto hatte und mit ihr Richtung Krankenhaus fuhr, spürte sie den intensiven Blick ihres Fahrgastes. »Ach, jetzt haben wir uns noch gar nicht bekannt gemacht! Dabei sind Sie doch mein rettender Engel! Ich heiße Anna, Anna Mielke!«

»Und ich bin Lena Herbst. Sie können mich gern Lena nennen.« Warum sie ihr das anbot, wusste Lena selbst nicht. Irgendetwas war an dieser Frau, etwas Besonderes. In ihrer Gegenwart fühlte man sich … irgendwie warm und wohl.

»Ach, dann nennen Sie mich aber auch Anna«, strahlte die

alte Dame sie an. »Vielen Dank noch einmal, Lena! Aber sagen Sie es ruhig, wenn Sie Verpflichtungen haben. Weihnachten sind ja die meisten Menschen in Eile, und Sie müssen ja sicher auch zu Ihrer Familie!«

Das warme Gefühl war wie weggeblasen.

»Nein«, sagte Lena knapp und kalt, »ich habe keine Verpflichtungen.« Mehr wollte sie nicht sagen, und die alte Dame schien das zu respektieren.

Die Krankenhausambulanz war überfüllt, trotzdem mussten sie nicht allzu lange warten, bis ein Arzt sich den Knöchel der alten Dame ansah. Er leuchtete in allen Farben des Blutergusses, aber es schien nichts gebrochen zu sein. Nachdem der Fuß fest bandagiert worden war, humpelte Anna schon wieder ganz munter aus dem Krankenhaus zum Auto. »Sagen Sie mal, Lena«, fragte sie beim Einsteigen, »wenn Sie heute keine Verpflichtungen haben, könnten Sie mich dann nicht vielleicht auf meiner Weihnachtstour begleiten? Fühlen Sie sich ganz frei, nein zu sagen, wenn Sie es nicht möchten. Dann nehme ich ein Taxi, das ist kein Problem. Aber es wäre schön, noch etwas Zeit mit Ihnen zu verbringen, und es wäre mir natürlich auch eine große Hilfe.«

Lena zögerte. Eigentlich hatte sie vorgehabt, sich mit einem Buch aufs Sofa zu verziehen und abzuwarten, bis Weihnachten endlich vorbei war. Andererseits: Warum nicht?

»In Ordnung«, sagte sie. »Wie sieht der Plan aus?«

Anna lachte sie an: »Wunderbar! Also: Ich habe quer durch die Stadt verteilt Futterstellen für streunende Katzen gebaut, nur so Kisten, wissen Sie, aber dort bringe ich gerade im Winter immer Futter hin. Es gibt sehr viele hungrige Katzen hier! Und die würde ich dann gern mit Ihnen abfahren. Und immer, wenn wir unterwegs einen Obdachlosen sehen, halten wir an und schenken ihm eine Weihnachtstüte!«

Und so machten sie es. Sie gingen auf unbebaute Gelände und in Hinterhöfe und verteilten das Futter. Oft rannten, sobald sie den Futterkisten nahe kamen, aus allen Ecken Katzen heran, manche schnurrend und um Streicheleinheiten bettelnd, manche vorsichtig und ängstlich auf Abstand bedacht. Viele sahen wirklich mager und verhungert aus, und Lena merkte, wie ihr Herz diesen heimatlosen, vor allem den scheuen Tieren zuflog. Und den Menschen, die sie traf. Menschen, die versuchten, sich in großen Pappkartons vor der Kälte zu schützen, Menschen, die in Bahneingängen, in geschützten Ecken oder in Toilettenhäusern Weihnachten feierten. Anna schien unter den heimatlosen Menschen genauso bekannt zu sein wie unter den Katzen. Überall wurden sie mit Hallo begrüßt: »Anna, ich dachte schon, du kommst gar nicht mehr!« – »Dankeschön!«

Und Anna begegnete Menschen wie Tieren mit derselben Freundlichkeit und Achtung: »Alles Gute für das neue Jahr. Hier ist eine Einladung ins Kirchenkaffee. Kommen Sie sich aufwärmen: Innen und außen. Klar, Ihre Kleider können Sie mittwochs in unserer Gemeinde waschen. Nein, ich kann in der nächsten Woche nicht so gut mit zum Sozialamt gehen, aber wenn Sie Mittwoch in die Gemeinde kommen, sorge ich dafür, dass ein anderer mit Ihnen geht …«

Lena kam immer mehr ins Staunen. Diese Frau ersetzte ja fast einen ganzen Sozialdienst!

Als sie beide endlich alle Geschenke losgeworden waren und im warmen Auto heimwärts fuhren, fühlte Lena sich endlich wieder einmal gut. Das war wirklich ein besonderes Weihnachten dieses Jahr. Nur über ihre Weihnachtsfrau wollte sie gerne etwas mehr herausfinden.

»Sagen Sie mal, Anna, warum machen Sie das, diese Geschenke an Menschen und Tiere?«

»Ach wissen Sie … das ist so gekommen: Vor ein paar Jahren verlor ich meinen Mann und meinen Sohn gemeinsam bei einem Unfall. Ich war so verzweifelt. Dachte, ich könnte nicht mehr leben und nicht glauben, obwohl ich doch immer eine ganz enge Beziehung zu Gott hatte. Ich war auf einmal so vollkommen blockiert, so wütend, weil Gott diesen Verlust nicht verhindert hatte. Einige Monate vegetierte ich nur so dahin. Eines Morgens spürte ich, dass ich mich bald entscheiden musste, ob ich leben oder sterben wollte. Ich ging ohne Ziel durch die Stadt, immer weiter, vor lauter Verzweiflung fast blind. Irgendwann fand ich mich auf einem leeren Baugrundstück wieder und setzte mich einfach irgendwohin. Ich starrte nur in die Luft, ohne zu denken, wie betäubt. Bis ich eine Bewegung an meinem Bein spürte: Ein winzig kleines, ganz mageres Kätzchen versuchte, mein Schnürband einzufangen. Aber es war so schwach, dass es das gar nicht richtig schaffte. Zuerst sah ich es nur an, dann nahm ich es hoch. Es wehrte sich gar nicht, sondern schmiegte sich in meine Hand und maunzte leise. Ohne nachzudenken stand ich auf und nahm es mit zu einem Tierarzt. Der sagte mir: ›Die ist nur halb verhungert. Da auf dem Gelände treiben sich jede Menge streunender Katzen herum. Die haben ein elendes Leben. Wäre gut, wenn sich mal jemand um die kümmern würden: Die müssen gefüttert und kastriert werden, damit es nicht immer mehr werden!‹ Tja, ich habe diese Katze dann mit nach Hause genommen, und wir haben uns wohl tatsächlich … ja … das Leben gerettet. Dann fing ich an, mich auch um die anderen Katzen auf dem Gelände zu kümmern, und dann auf noch einem und noch einem … Dabei traf ich auch obdachlose Menschen, genauso verloren und heimatlos wie die Katzen. Und so gab es immer mehr, worum ich mich kümmerte. Ich fragte in meiner Gemeinde nach Hilfe, obwohl mein Glaube noch ganz schön wackelte. Aber es fanden sich bald Leute, die ebenfalls einen Blick für die Heimatlosen entwickelten. Und irgendwann ertappte ich mich, wie ich zu Gott sagte: ›Danke, dass du mir in meinem dunkelsten Moment einen Katzen-Engel geschickt hast!‹

Tja, so war das. Und seither ist es zwischen Gott und mir wieder in Ordnung. Warum meine Familie gehen musste, weiß ich immer noch nicht, aber ich glaube heute, dass es stimmt, wenn es in der Bibel heißt: ›Nichts kann mich von der Liebe Gottes trennen!‹

Lena war innerlich ganz nachdenklich geworden. »Nichts kann mich von Gottes Liebe trennen ...« Für sie war das nur ein Satz. Sie hatte noch nie etwas davon gemerkt, dass Gott sie lieb hätte. Im Gegenteil: Wenn es einen Gott gab, hatte er ihr sehr viel zugemutet.

Und plötzlich brach es mit Gewalt aus ihr heraus: »Meine Familie gibt es auch nicht mehr. Aus. Schluss. Mein Mann ist vorgestern zu seiner Freundin gezogen. Und meine Tochter hat Weihnachten keine Zeit für mich. Sie feiert mit Studienfreunden in einer Skihütte. *Vorgestern*, können Sie sich das vorstellen? Zwei Tage vor Weihnachten erzählt er mir ganz nebenbei, dass er eine Freundin hat und zu ihr zieht. Nach neunzehn Jahren Ehe, einfach so: ›Es tut mir leid.‹ Und dann geht er, nimmt nicht mal seine Sachen mit. Die Geschenke für ihn und meine Tochter liegen zu Hause im Kleiderschrank, schön verpackt. Aber jetzt bekommt er seine Geschenke von einer anderen.«

Lena steuerte den Wagen an die Seite, Tränen verschleierten ihren Blick, sie konnte die Straße kaum noch erkennen. Die Hände krampften sich ums Lenkrad; verzweifelt versuchte sie geradeaus zu sehen, so zu tun, als wäre alles normal. »Ach, hör auf zu heulen«, herrschte sie sich mit letzter Energie selbst an.

Da spürte sie eine sanfte Berührung an ihren verkrampften Fingern, ein vorsichtiges, sanftes Streicheln von einer alten Hand. Und hörte Annas Stimme, ganz leise und traurig: »Ach Kind, wie furchtbar allein und wütend musst du dich fühlen!« Und plötzlich lag Lena mitten im Gewühl des Weihnachts-Endspurt-Straßenverkehrs halb im Arm einer fremden Frau und weinte sich laut die Seele aus dem Leib. Ihr ganzer Körper bebte mit jedem neuen Tränenstrom. Ihre ganze Trauer, Wut und Verzweiflung weinte sie heraus. Endlich, nach den Tagen der Kälte und der Wut, kam das Leben wieder zu ihr. Ja, es tat furchtbar weh. Aber da waren auch Arme, die sie hielten, liebevolle Worte, die ihre Seele streichelten. »Ja, Kind, wein nur, lass den Schmerz zu. Du bist nicht allein: Ich bin für dich da, und Gott, dein Vater ist da. Ja, komm, hab keine Angst vor deinem Kummer, sonst macht er dich krank …« Und als die Tränen irgendwann verebbten, da war in Lenas Innerem etwas Neues aufgebrochen, etwas Gutes, Wohltuendes. Ja, sie war noch immer traurig, verletzt und wütend. Aber irgendwie fühlte sich alles nicht mehr so hoffnungslos an. »Wunderbar. Einfach wunderbar!«, murmelte sie und sah lächelnd den Engel an, der auch ihr Engel geworden war.

Jürgen Werth

Das wahre Geschenk

WUNDERBAR. EINFACH WUNDERBAR. Das ist es. Genau das. Wurde aber auch Zeit! Noch zwei Tage bis Heiligabend und noch immer kein Geschenk für die Herzallerliebste!

Jedes Jahr dasselbe Spiel. Keine Zeit, keine Ideen. Parfum – hat sie noch vom letzten Jahr. Und vom vorletzten. Pullover – hat sie gerade selber gekauft. »Sieh mal! So einen habe ich jahrelang gesucht!« Die Gute hat halt ihren ganz eigenen Geschmack. Schmuck – spätestens wenn die Verkäuferin nach der Ringgröße fragt, muss ich passen. Konzertkarten – leider kein Ereignis in Sicht, das sie hätte begeistern können. Bücher, CDs – na ja, wenn mir so gar nichts anderes mehr einfallen sollte.

Aber das ist es. Ein schicker warmer Fleecepyjama. Süßer Schnitt, passende Farben, passende Größe (oder vielleicht doch nicht?). Und dazu mit einer Marke geschmückt, die sie gern trägt.

Obwohl: Wenn ihr die Farben nicht gefallen? Und wenn er zu groß oder zu klein ist? Und wenn der Materialmix ihrer zarten Haut so gar nicht behagt? Naja, bekommt ihn eben unsere Tochter.

Ach, wenn das Schenken doch nur einfacher wäre! Die Auswahl im Laden kleiner! Die Auswahl im Schrank auch! Früher war das mal einfacher. Bilde ich mir wenigstens ein. Früher hatten nicht alle schon alles. Früher hat man sich auch über Kleinigkeiten gefreut. Früher. Aber früher ist vorbei. Und ich will nicht jammern. Ich habe mein Geschenk. Und bald hat sie's!

Als ich fröhlich und beschwingt das Haus betrete, lächelt mir die Herzallerliebste entgegen: »Du hast noch einen Weihnachtswunsch frei. Meine Eltern haben eben angerufen.« Und schon beginnt der Stress von vorn. Beinahe schlimmer noch. Wunsch? Ich? Also, alles, was ich so brauche, kaufe ich mir irgendwann selbst. Und was ich mir nicht kaufe, muss ich mir auch nicht wünschen. Weil's zu teuer ist. Oder weil ich's in Wirklichkeit ja doch nicht brauche.

Manchmal denke ich: Wir sollten auf die Weihnachtsgeschenke ganz und gar verzichten. Aber so ganz ohne unterm Tannenbaum?

Nein, umgekehrt wird ein Schuh draus: Den Grips anstrengen, rechtzeitig mit dem Hirnen beginnen, kleine Wünsche und Sehnsüchte notieren. Geschenke sind Liebesbeweise. Und da zählt die Fantasie mehr als der Preis.

Vielleicht sollten wir ohnehin immer wieder mal an Gottes Weihnachtsgeschenk Maß nehmen. Das Kind in der Krippe. Sein Sohn. Er selbst. Ein echtes Überraschungspaket. Wir wären kaum drauf gekommen. Dieses Weihnachtsgeschenk ist der Grund für unsere Weihnachtsgeschenke. Gott schenkt nicht etwas. Gott schenkt sich selbst. Und er schenkt uns damit das, wonach wir uns alle sehnen: himmlische Zuwendung, Vergebung der Schuld, ewiges Leben. Wir hätten's uns vielleicht nicht mal gewünscht. Hätten uns nicht getraut. Aber Gott ist nicht kleinlich. Ist es niemals. Vor allem dann nicht, wenn's um seine herzallerliebsten Kinder geht. Um uns.

Ich will auch nicht kleinlich sein. Nicht nichts schenken. Sondern mit Liebe und Fantasie schenken. Und ich merke schon: So ein Pyjama allein reicht nicht.

Ilse Ammann-Gebhardt

Als wäre gar kein Krieg

Wunderbar. Einfach wunderbar ist alles geworden! Seit Wochen hatte Anna geschuftet wie ein Pferd. Im Oktober hatte sie beim Bauern im Tagelohn Kartoffeln ausgemacht, hatte ihre eigenen Kartoffeln im Keller, Sauerkraut und saure Bohnen im Fass. Gläser mit eingewecktem Obst und Marmeladen standen im Regal. Sie hatte vom Bauern Mehl bekommen, Zucker und Margarine hatte sie seit langem aufgespart. Einen Hahn hatte sie gemästet, denn Weihnachten stand vor der Tür. An den vergangenen Abenden hatte sie gebacken … Der Duft des Weihnachtsgebäckes hing noch im Haus.

Alles war vorbereitet, der Hefeteig angesetzt: Sie würde Streuselkuchen backen, einen Käsekuchen, Rosinenschnecken – wie in alten Zeiten. Wie in guten Zeiten. Als geübte Näherin hatte sie die Puppen der Kinder neu ausstaffiert, sogar einen Puppenwagen erstanden und manches mehr.

Es war einfach wunderbar, denn morgen, auf den Heiligen Abend genau, würde Heinrich von der Front in Urlaub nach Hause kommen. Er würde staunen! Nichts von Krieg würde zu merken sein! Sie hatte sich so abgerackert für dieses Weihnachtsfest 1916.

Heinrich kam. Müde, ausgehungert, verdreckt stand er in der Tür. Die Fahrt von Russland war weit gewesen. Seit langem lag er dort an der Front, und in diesen eiskalten vergangenen Wochen, wo der Schnee ihnen das Leben zur Hölle gemacht hatte, da hatte ihn nur das Wissen aufrecht erhalten, dass er an Weihnachten zu Hause sein würde. Endlich wieder einmal baden können! Endlich wieder einmal in einem sauberen, weichen Bett schlafen! Endlich wieder einmal Anna und die Kinder sehen, sehen, wie es ihnen ging und – Weihnachten, am Fest aller Feste, zu Hause sein. Ausruhen können, alle Gedanken hinter sich lassen können. Schlafen …

Die Kinder überfielen den Vater mit ihrer Liebe, sie erdrückten ihn fast. Anna stand dabei und wischte sich die Tränen …

Sie hatte alles vorbereitet: Heinrich badete, zog weiße, weiche Unterwäsche an, ein weißes Hemd, seine geliebte graue Hose … Doch er fühlte sich elend, müde, zum Sterben müde. Aber er sagte es nicht. Anna und die Kinder waren allzu fröhlich und in Erwartung des Heiligen Abends ganz aufgeregt. Das wollte er ihnen nicht verderben.

Anna hatte es immer verstanden, die Tage vor Weihnachten mit Duft und Geheimnis und froher Erwartung zu erfüllen. Und dann waren die lang ersehnten Augenblicke da. Während die Kinder mit dem Vater in der Wohnküche saßen, war die Mutter verschwunden. Es war leise in der Küche, ganz leise, denn allzu leicht hätte man das Bimmeln des Glöckchens überhören können … Und dann geschah es, sie hörten es ganz genau: Ein süßes, silbernes Bimmeln im Hausflur – oder war es im Wohnzimmer? Die Kinder hielten die Luft an, dann gingen sie langsam zur Tür. Im Flur war alles dunkel, aber aus dem Wohnzimmer fiel ein warmer, heller Schein, und das Glöckchen bimmelte noch immer. Langsam, zaghaft traten sie in die Tür, und dort schimmerte der schönste Weihnachtsbaum. Weiße Kerzen flackerten und spiegelten sich in silbernen Kugeln und Lametta … Das Glöckchen verstummte, die Mutter war jetzt auch wieder da, und mitten in die Verzauberung hinein begann sie leise zu singen: »Stille Nacht, heilige Nacht ...«

Die Kinder fielen mit ihren klaren Stimmen ein, fröhlich und gerührt sangen sie ein Lied nach dem andern. »O du fröhliche, o du selige, gnadenbringende Weihnachtszeit.«

Da drehte sich Heinrich wortlos um, verließ das Zimmer und ging zur Küche hinüber.

Anna war entsetzt. Wusste er denn, was er ihr und den Kindern antat? Warum war er gegangen? Warum hatte er nicht mitgesungen, sich nicht mitgefreut? Sie hatte sich alles so schön ausgedacht, hatte so hart gearbeitet für diesen Weihnachtsabend, diese Festtage. Aber er – warum tat er das? Anna machte ihr Herz hart. Sie sprach nicht mit ihrem Mann, und auch er schwieg, erklärte nichts, entschuldigte sich nicht. War es Kälte, war es Enttäuschung, die sich in ihren Herzen ausbreitete?

Doch dann kam ein Abend, an dem Heinrich sein Herz ein wenig öffnete.

»Weißt du, wenn man Wochen und Monate in Russland im Dreck liegt, und dann heimkommt und das sieht und hört – als wäre überhaupt kein Krieg ...«

Er hat es schwer, verständlich zu machen, was ihn quält. Doch Annas Herz ist noch immer hart:

»Weißt du denn, wie es mir und den Kindern in all den Jahren ging? Weißt du, wie ich mich abgerackert habe, um all das aufzutreiben für dieses Weihnachtsfest?«

Er weiß nicht. Sie weiß nicht.

»Du kannst dir nicht vorstellen«, versucht er noch einmal, »was es bedeutet, wenn es heißt: Auf in den Nahkampf! – mit aufgepflanzten Bajonetten!«

Heinrich sieht all die schrecklichen, blutigen Szenen vor sich: Männer, die sich gegenseitig buchstäblich abschlachten – der oder ich! Man hat keine Wahl, denn daheim sind Frau und drei Kinder. Dabei hatte er immer ein weiches, mitfühlendes Herz gehabt, war nie hart gewesen.

Aber Anna hat nicht den Dunst einer Vorstellung, wie seine Tage in Russland waren, und sie will es auch nicht wissen. Sie hat genug Arbeit und Kampf.

Die Tage gehen, doch jetzt, wo die bevorstehende Trennung bewusst wird, sind die Herzen nicht mehr hart. Sie sind weich, ganz weich, und Anna fühlt schon jetzt die Reue um die verlorenen Tage. Sie muss ihren Mann wieder ziehen lassen, und er muss gehen, Heim und warmen Herd, Frau und drei schmerzlich vermisste Kinder zurücklassen. Ein Abschied, der beiden das Herz fast zerreißt. Wussten sie, ob sie sich je wiedersähen?

Oft hat Anna im Alter von diesem Weihnachtsfest erzählt, und wir spürten ihr Bewegtheit ab. Jeder von uns fühlte sich hineingenommen in das Geschehen. Wir fühlten die Enttäuschungen, den Schmerz auf beiden Seiten, und wir versuchten, unseren Großvater zu verstehen, den Krieg, die Front, das Blutvergießen – aber, ob wir es tatsächlich verstanden haben?

Annas Augen schimmerten feucht und wissend, wenn sie davon sprach. Denn damals, im Kriegsjahr 1916, war sie wohl noch viel zu jung, viel zu unerfahren gewesen, um zu wissen, worauf es an jenem Weihnachtsfest wirklich ankam. Jenes Weihnachtsfest, das so wunderbar geplant und vorbereitet war, und für zwei Menschen, die sich liebten, doch so viel Bitternis und Herzweh brachte.

Yola Entz

Schokokrümel und »O du fröhliche ...«

Wunderbar. Einfach wunderbar, dass der Ofen heute Abend nicht qualmte! Wie oft hatte dicker Rauch uns gezwungen, das Fenster aufzureißen, hustend und nach Atem ringend, nur um eisige Kälte hereinzulassen, die der alte Kanonenofen versuchte zu erwärmen. Ein nie endender Kreislauf: grünes Holz, beißender Rauch, eisige Kälte. Doch heute Abend konnte man sogar ohne Mantel um den alten wackeligen Tisch sitzen. Wir waren nur zu zweit, Mutter und ich. Noch ein Grund zum Feiern!

Meine Augen gingen durch den sechs mal drei Meter langen Raum. Mutter saß auf ihrem Bett am Fenster und ich auf einem der zwei Stühle am Tisch. Das gegenüberliegende Bett war leer. Unter dem Fenster der Ofen, dessen Rohr durch eine zerborstene und notdürftig wieder abgedichtete Scheibe nach draußen führte. Anschließend an die Betten ein Spind und dahinter zwei Stockbetten rechts und links von der Tür. Dieser Raum war vorübergehende Heimat für sechs Personen. Ein altes Ehepaar mit fremder Sprache, eine Mutter mit ihrer kleinen Tochter und wir beide. Die Zimmergenossen waren bei Landsleuten oder bei Bekannten an diesem Heiligen Abend in der ehemaligen Funk-Kaserne in München im Jahre 1946, sodass Mutter und ich ungestört Weihnachten feiern konnten.

Es würde unser letztes Weihnachten in Deutschland sein. Wir warteten in einem sogenannten »DP Camp« als »Displaced Persons« auf einen Neuanfang im fernen Amerika. Mit uns warteten hunderte von Flüchtlingen und Überlebende von KZs. Zerbrochenes Strandgut eines menschenverachtenden- und -vernichtenden Systems, vom Sturm an irgendein rettendes Ufer gespült. Die Menschenwürde war beinahe allen schon längst durch demütigende und erniedrigende Behandlung vergessen gemacht worden. Mit gebrochenem Rückgrat schlurften sie in langen Reihen durch die Gänge der Kaserne, mal zum Entlausen (»Arme hoch!« – ein paar Puffs aus der Läusepumpe –»Der Nächste!«), standen entblößt vor medizinischen Untersuchern oder hielten ihren Blechnapf hin zur Essensausgabe. In dieser Weihnachtswoche bestand die Tagesration aus je einer Kelle wässrigen salzigen Haferschleims morgens und abends und ein paar Pellkartoffeln und einer roten Rübe oder etwas anderem Gemüse zum Mittag.

Die UNRRA (United Nations Refugee and Relief Association, die UN-Flüchtlingskommission) hatte zwar Lebensmittel gespendet, doch diese verschwanden offenbar in Schwarzmarkt-Kanälen, ehe sie die ausgemergelten Menschen erreichen konnten. Und so kam zu der Kälte noch der Hunger.

Für das kleine Mädchen in unserem Raum gab es täglich etwas Pulvermilch und als außergewöhnliches Weihnachtsgeschenk ein winziges Eckchen Schokolade. Weil der Weg zur Essensausgabe über den weiten Kasernenhof führte, hatte mich die Mutter der Kleinen gebeten, auch ihre Rationen mit abzuholen – ohne von der Schokolade zu wissen.

Auf dem langen Weg zurück zu unserer erbärmlichen Unterkunft tobte ein Kampf in mir: B*eiß doch ein Stückchen ab, keiner wird es merken. So etwas Köstliches, das hast du all die Jahre nicht gehabt. Nur ein winziges Stückchen*! – Aber zuletzt hatte das Gewissen gesiegt. Wie zur Belohnung hatte das Stückchen durch die Wärme meiner Hand Spuren ihrer Schokoladensüße hinterlassen, die ich, nachdem ich der Kleinen ihre Schokolade gegeben hatte, gierig und voll Genuss langsam ableckte.

Noch trugen die Gesichter der Menschen Spuren des Grauens oder der Trauer, die durch Tränen nicht gelindert werden konnte. Auch das Miteinander hatte manchmal die scharfen Züge der Unterdrücker angenommen, die ihre Gewalt an den Wehrlosen brutal ausgelassen hatten. Wenn die arme Oma im

Bett unter mir uns alle nachts wach hielt mit ihrem bellenden Husten, dann schaukelten meine Holzmatratze und der Strohsack mit der grauen Pferdedecke, die ich über die Ohren zog. Das ging immer eine ganze Weile – solange, bis von dem mürrischen Alten gegenüber Worte wie Peitschenhiebe die Arme verstummen ließen, und ich nur am Schaukeln des Bettgestells merkte, wie sie den Husten unterdrückte.

An diesem Nachmittag, den wir das Zimmer für uns hatten, kam Mutters Freundin in dieser trostlosen Umgebung zu Besuch. Ein Tannenzweig und ein kleines Kerzlein auf dem Tisch sollten Weihnachtsstimmung verbreiten. Ich zündete die Kerze an, brach einen kleinen Zweig ab und hielt ihn in die Flamme.

»Musst du immer kokeln«, tadelte Mutter. Der harzige Tannenduft der brennenden Nadeln erfüllte die Luft.

»Jetzt riecht es nach Weihnachten!«, erwiderte ich und stand auf, um das graue Licht der einzigen Glühbirne auszuschalten. Die Kerze badete Mutters Gesicht in warmen Farben und ließ alles Erbärmliche um uns herum im Dunkel versinken.

»Jetzt mach doch mal das Geschenk auf, das sie mitgebracht hat«, drängte ich.

Mutter nahm das kleine Päckchen und entfaltete das Papier. Zum Vorschein kamen einige Scheiben schweren dunklen Brotes. »Was ist in den zwei kleinen Päckchen?«, fragte ich neugierig.

Vorsichtig öffnete Mutter das Erste. Es war ein kleines Stückchen Butter.

»Echte Butter!«, staunten wir beide. Dann öffnete sie das gefaltete zweite Päckchen. »Zucker!«, kam es ungläubig aus beider Munde.

Mit einem Messer bestrich Mutter zwei Scheiben Brot, nicht nur hauchdünn, sondern so, dass man das Brot darunter nicht mehr sehen konnte. Dann nahm sie den Zucker und streute ihn vorsichtig über beide Scheiben. Andächtig führten wir den ersten Bissen zum Mund. Es schmeckte köstlich. »Nein, so eine

Weihnachtsüberraschung!«, sagte sie strahlend. Ich konnte nur kauend nicken. Dieser Gaumenfreude musste man sich ganz hingeben.

Nachdem das Brot gegessen war, schlug ich vor, ein Weihnachtslied zu singen. »Was können wir denn auswendig?«, fragte Mutter.

»Wie wär's mit ›O du fröhliche, o du selige …‹«

»Dann stimm mal an!«

Wie immer, wenn ich Sopran sang, fiel Mutter mit der zweiten Stimme ein. Es klang schön und harmonisch. Nach und nach wurde mir bewusst, was wir da sangen. »Welt ging verloren, Christ ist geboren …« – Verlorene Welt! Ja, in dieser Welt der Verlorenen lebten wir. Unter verlorenen Menschen. Mit verlorenen Jahren, verlorener Heimat, verlorenem Besitz, verlorenen Beziehungen, verlorenen Freunden, Kindern, Müttern, Vätern – verlorenem Glauben.

»Christ ist geboren, freue, freue dich, o Christenheit.« Mit Inbrunst sangen wir die Worte dieser Freudenbotschaft, und sie erwärmte unser Herz. Nicht die Umgebung, nicht die Umstände waren entscheidend, sondern die Botschaft der Freundlichkeit Gottes, der den Erlöser in diese dunkle Welt gesandt hat. Die Botschaft der Versöhnung und der Erlösung, die ohne das gewohnte traditionelle Drumherum so klar und deutlich zu uns sprach, machte diesen Heiligen Abend zu einem unvergesslichen Erlebnis. Es war, als würden wir mit unserem Gesang herausgeholt aus der erbärmlichen Wirklichkeit und eingestimmt auf den Freudenchor der Engel, die von der Hoffnung, der Nähe und der Liebe Gottes sangen:

»Christ ist erschienen, uns zu versühnen, freue, freue dich, o Christenheit.«

Annette Döbrich

Lichter am Nachthimmel

»WUNDERBAR, EINFACH WUNDERBAR, fast so prachtvoll wie bei Onkel James.« Barbara, die sich seit ihrem Besuch in Denver Babs nannte, fiel ihrem Großvater um den Hals, drehte ihn mit dem Rücken zur Schrebergartensiedlung, sodass sie den alten Mann gleichzeitig liebkosen und die zahllosen Glühbirnchen bestaunen konnte, die die Konturen des Holzhauses nachzeichneten. Es schien zu schweben.

Na, na, na, der alte Herr wischte sich mit den Schneeflocken gleich einige Tränen aus dem Gesicht und brachte seine Lieblings-Enkelin wieder auf Abstand.

»Eine Spinnerei ist das, eine amerikanische, die zudem eine Menge Geld kostet.« Er grantelte. »Außerdem ist die Feuchtigkeit Gift für die Kontakte.« Dabei sah er skeptisch in das Schneetreiben, das zunehmend dichter wurde. Wenige Sekunden später lag das Gartenhaus wieder im Dunkeln.

»Es gibt keine Wunder.« Heinrich Mahler sagte es ganz leise, ganz sanft und beugte sich zu Mechthilds Ohr. So, als spräche er mit einer Kranken, Verwirrten, der man etwas Unangenehmes nahebringen muss und bei der er versuchte, die Schärfe der Fakten durch die Tonlage etwas zu nivellieren. »Und deshalb gibt es auch kein Zurück mehr und keinen Neuanfang und keine Diskussion.« Bei den letzten drei Wörtern wechselte seine Stimme ins Stakkato und sein Oberkörper richtete sich wieder auf. Er ging zum Fenster und zog das Rollo hoch. Er stöhnte. »Seit dreißig Jahren das gleiche Bild. Schrebergärten, Schuppen, Mief«. Seine Stimme klang angewidert. Er öffnete die Fensterflügel. Das dünne Eis auf den Scheiben tropfte auf den Boden. Schneeflocken tanzten in den Raum. »Das ist die Realität, hier wie draußen: dunkel, nass, erdschwer.«

»Heute ist Weihnachten, Heinrich.« Mechthild zog ihre Strickjacke enger um die Schultern.

Sie war weder krank noch irre. Sie war alt geworden an seiner Seite, genau sechsundfünfzig Jahre und etwas füllig, und ihre Haare wurden von grauen Strähnen durchzogen. Mehr nicht.

»Na und?«

»Es ist …, da gab es einen Stern, der leuchtete und hat den Weg gewiesen … und zog am Himmel …«

»Und du wartest jetzt auch darauf, dass etwas leuchtet und vorbeizieht. Diese Schuppen vielleicht?!«

»Ohhh«, Babs war die Enttäuschung ins Gesicht geschrieben, als der Zauber plötzlich vorbei war.

»Na, wunderbar«, den Großvater schüttelte es vor Kälte. »Ein Kurzschluss.«

»Und jetzt?«

»Ich muss die undichte Stelle finden, weiter nichts. Bei viertausend Birnchen braucht man dazu Glück oder Intuition.«

»Ach bitte, versuch es, ich möchte ein Foto machen, für Onkel James«.

Der Großvater ging zurück in das Gartenhaus und tastete nach einer Taschenlampe. Dabei versuchte er nicht daran zu denken, dass er jetzt ebenso bei einem Glas Glühwein in der warmen Stube sitzen könnte. »Möchte wissen, wozu das gut ist«, brummte er.

Heinrich holte den kleinen Koffer aus der Abstellkammer und packte Wäsche und Hemden ein, die Hemden, die Mechthild am Abend vorher gebügelt hatte. Einen kurzen Moment spürte sie den Reflex, ihm die Hemden aus der Hand zu nehmen und sie für ihn zu falten, doch dann ließ sie es bleiben. Heinrich ging.

Sie stand auf und schloss das Fenster.

Mechthild sah ihn auf dem Fußweg. Er drehte sich nicht um. In diesem Moment erstrahlte eines der Häuschen im Licht tausender kleiner Glühlampen. Sie schienen das alte Gemäuer zu tragen, hochzuheben zwischen den wirbelnden Flocken, hinauf in neue Höhen.

»Dreh dich um, Heinrich«, rief sie, »sie fliegen wirklich.«

Doch Heinrich hörte sie nicht. Das Fenster war zu, und er war zu weit weg.

»Wie wunderbar,« flüsterte Mechthild und lehnte sich mit der Stirn gegen das kalte Glas. Es tat ihr gut.

Albrecht Gralle

Die Schwester des verlorenen Sohnes

Wunderbar. Einfach wunderbar, dieses grandiose Fest! Sicher, viele haben sich gefreut. Aber was hast du dir eigentlich dabei gedacht, Vater? Sieht so deine Liebe aus? Das darf doch wohl nicht wahr sein! Man muss also nur weggehen, unter die Räder kommen und Schweinefraß fressen, dann wird man von dir zum Schluss herzlich umarmt. Das Normale liegt dir wohl nicht, was? Schau dir doch nur mal deinen ältesten Sohn an, wie geknickt und verletzt er ist, seit sein jüngster Bruder so übertrieben freundlich gefunden und aufgenommen wurde. Seine ganzen Wertvorstellungen sind durcheinander geraten!

Liebe kann man nicht in Gesetzmäßigkeiten pressen. Ich freute mich, dass er zurückkam. Das war alles. Du weißt nicht, wie es ist, jahrelang zu warten.

Ich weiß es nicht?! Meinst du, ich hätte nicht auf meinen kleinen Bruder gewartet?

Aber du weißt nicht, wie ein Vater wartet. Du hast nicht bei seiner Geburt um ihn gebangt. Du hast nicht an seinem Krankenbett gesessen …

Gut. Kann schon sein. Aber du hättest ihn nicht so demonstrativ in aller Öffentlichkeit umarmen dürfen, weißt du. Du hättest nach außen streng sein müssen, und im Haus hättest du ja deinen Gefühlen freien Raum lassen können. Aber dieser übertriebene Wirbel mit dem Kleid und dem Ring und dem Fest. So sah es für alle aus, als würde man belohnt, wenn man ausreißt und das Geld nur so verprasst. Diese Übertreibungen!

Meine Liebe ist innen und außen gleich. Ich kann sie nicht verstellen. Sie ist heftiger, als du ahnst und kann nicht gebremst werden. Göttliche Liebe ist stark. Sie geht immer bis zum Äußersten.

Wahrscheinlich wärst du sogar für ihn gestorben …

Natürlich. Genauso wie für dich. Oder für meinen Ältesten.

Oh, Vater, es ist schwer, mit so einer besonderen Liebe Tag für Tag zu leben. Mein älterer Bruder hat es nicht geschafft. Er dachte, du liebst ihn nicht, weil er nichts spürte. Er hat jetzt den Eindruck, man muss verloren gehen, um geliebt zu werden.

Aber er ist doch schon verloren gegangen und weiß es nicht. Das ist das Schlimmste.

Verloren?

Ja, weil er denkt, er müsste sich meine Liebe verdienen. Und wer so denkt, verliert sich früher oder später in der Wüste der Einsamkeit.

Und stimmt es denn nicht?

Er hat deine Liebe nie so gespürt wie dein Jüngster und wollte dir alles recht machen.

Er wollte meine Liebe nie richtig spüren … weil er dachte, er brauche sie nicht. Sie kam ihm zu stark und fast unheimlich vor. Erst jetzt, als sein kleiner Bruder so empfangen wurde, merkt er, wie wichtig für ihn meine Liebe ist.

Aber was soll er jetzt tun?

Wenn er nicht einsieht, dass er sie braucht, wird er sie niemals finden.

Hanno Herzler

Adon kommt zurück

Wunderbar. Einfach wunderbar, dass Adon zurückkommen würde! Er war auf einer jahrelangen Auslandsreise gewesen. Kaspar hatte das Gefühl, dass die Rückkehr seines Freundes das Leben wieder voller, reifer, zufriedener machen könnte. Zugleich aber schlug sein Herz ein wenig banger; denn er wusste: Zu wem Adon kam, der blieb nicht so, wie er war. Adon, der äußerlich Unauffällige mit dem Tiefenblick – er scheute sich nicht, unangenehme Themen anzusprechen.

Kaspar versuchte sich vergeblich einzureden, dass er eigentlich keinen Grund habe, der Wiederkehr des Freundes ängstlich entgegenzublicken. Er hatte – wenn auch bescheidene – Erfolge aufzuweisen; allerdings mehr beruflich als privat. Dabei war er doch immer noch – oder war er es sogar immer mehr geworden? – der gut gelaunte Kumpel, der es auf jeder Party schaffte, die Lacher auf seine Seite zu bringen. Schwer zu sagen, warum sich Kaspar gelegentlich – oder immer häufiger? – heimlich einsam fühlte. Diese Gefühle vertrieb er rasch durch neue Geselligkeiten, auf denen er sich unbekümmerter denn je gab.

Aber neulich, als einer seiner Kumpels ein Video vom letzten Treffen vorführte – hatte da auf dem Band Kaspars Lachen nicht irgendwie hohl geklungen? Zumindest für ihn selbst. Er war jedenfalls erschrocken.

Genau betrachtet, waren es diese unbehaglichen Gefühle, die ihn der Begegnung mit Adon zwiespältigen Mutes entgegenblicken ließen. Kaspar wusste, dass Adon solche Empfindungen schwerlich auf sich beruhen lassen würde. Und die Art, wie er, Kaspar, damit umging, würde vielleicht gar die Kritik des Freundes nach sich ziehen. Ein Unbehagen überspielen? Da machte Adon nicht mit, nicht Adon.

So sah sich Kaspar mit Beklemmung erfüllt, mit Widerstreben – und zugleich mit einer undeutlichen Hoffnung, es möchte alles anders werden.

Am 24. sollte Adon ankommen. Abends.

Konnte Kaspar ihm nicht irgendwie ausweichen? Eine Krankheit vorschützen? Oder einfach jemand anderen zur Abholung an den Bahnhof schicken? Nein: Adons Brief hatte keinen Zweifel daran gelassen, dass er nur zu ihm kommen und bei ihm wohnen wollte: bei Kaspar.

Es gibt Dinge im Leben, die lassen sich weder durch Grübeln noch durch Ausweichen lösen; sondern nur, indem man sie erlebt. Und so stand Kaspar freudig erregt und doch ein wenig hohl am Abend des 24. am Bahnhof. Dumm, dass der Zug auch noch Verspätung hatte.

Endlich fuhr er ein. Reisende stiegen aus, und Kaspar versuchte an irgendeiner der vielen Türen, die sich öffneten, seinen Freund zu erspähen. Umsonst. Adon stand plötzlich vor ihm. Ein kurzer Blick – und dann die Umarmung. Während sie sich umarmten, schossen Kaspar so viele Gedanken durch den Kopf, so viele Gefühle durch den Bauch, dass er wieder einmal sicher war, Momente der Umarmung entfalteten Gefühle intensiver als andere.

Adon sah irgendwie zarter aus; reifer, weicher, sensibler, aber auch angegriffener. »Was für ein Trottel ich doch war«, schoss es Kaspar durch den Kopf. »Die ganze Zeit habe ich mir nur um mich selbst Sorgen gemacht – und Adons Besuch eigentlich gar nicht gescheit vorbereitet.«

Adons freundlicher, fragender Blick strahlte Geduld aus.

»Lass uns was essen gehen«, schlug Kaspar vor.

Während sie auf ihre Menüs warteten, berichtete Adon, wie es ihm ergangen war. Und Kaspar hörte zu, hörte einfach nur zu. Was für eine wohltuende, reife Persönlichkeit Adon war! Nicht ohne Macken, Schrammen und Wunden – aber gerade dadurch unergründlich hilfreich.

Und es geschah, während er zuhörte, dass sich für Kaspar eine Frage nach der anderen klärte, Fragen, die er in den vergangenen Wochen vergeblich überhaupt zu formulieren versucht hatte, lichteten sich allmählich – und das genügte schon. Er hatte mehr denn je das Gefühl, dass jede Frage, klar gestellt, schon den Samen ihrer Antwort in sich trug.

»Und wie geht es dir?«, fragte Adon beim Nachtisch.

»Ach«, begann Kaspar, und es machte ihm nichts mehr aus, dass das mehr wie ein Seufzer klang, »du weißt ja: immer fröhlich, immer gut gelaunt …! Ich will sie immer beeindrucken. Ich wünsche mir, dass alle über mich lachen …«

»Warum eigentlich?« hakte Adon nach. Seine Stimme klang warm.

»Tja, ich weiß nicht – vielleicht will ich damit ihrem Spott zuvorkommen!« Und leiser fügte er hinzu: »Und mehr noch ihrer Kritik.«

Adon schenkte ihm einen mitfühlenden Blick. In der Tat sah Kaspar bedauernswert aus, gerade jetzt. Adon streckte sich und berührte sanft den Arm seines Gegenübers. »Wenn du magst, kann das jetzt vorbei sein, du Lieber. Jetzt bin ich ja da.« Er blinzelte. »Was meinst du – wäre das nicht ein guter Anlass, ein neues Kapitel in deinem Leben zu beginnen?«

»Große Worte …!« Kaspar versuchte, verdutzt auszuschauen. Doch Adon fuhr ganz ernsthaft fort: »Vielleicht könntest du dich ab jetzt anders nennen. Hast du nicht noch einen zweiten Namen? Von der Taufe her? Einen, der für ein ernst zu nehmendes Leben besser geeignet ist?«

»Do… doch ja, den hab ich.«

»Und wie?«

»August! Ich heiße Kaspar August! Ob der wirklich besser …?«

Jetzt musste auch Adon lachen, und sie lachten beide, bis ihnen die Tränen kamen. Dieses Lachen kam aus der Tiefe, war ehrlich und spülte Schlacken und Frust aus Monaten der Verkrümmung nach oben.

WeihnachtsLicht Geschichten

Eckart zur Nieden

Die elektrische Kerze

»LICHT! SO EIN LICHT!«, sagte Jochen und wandte sich ab.

Heinz merkte gar nicht, dass das ironisch gemeint war. Stolz betrachtete er sein Werk, ein Gesteck aus Tannenzweigen, Zapfen und verschiedenen Laubsägearbeiten. Es störte ihn nicht, dass das Abbild eines guten Hirten samt Schäfchen friedlich vereint neben einem Schokoladen-Weihnachtsmann auf der einen Seite stand, während sich die andere Seite ein Weiser aus dem Morgenland – man erkannte ihn an seinem Mohrengesicht und am Weihrauchgefäß – mit einem übergroßen Fliegenpilz teilte. Und der Gipfel der Geschmacklosigkeit, fand Jochen, war die elektrische Kerze in der Mitte.

»Hättest du nicht wenigstens eine echte Kerze nehmen können?«, knurrte Jochen, während Heinz auf dem Fußboden kroch, um das Kabel zu sichern, das seine Kerze mit Strom versorgte. Irgendetwas schien da nicht ganz den Vorschriften des Elektrohandwerks zu entsprechen, denn das Licht flackerte manchmal.

»Nein«, kam die Antwort unter dem Tisch hervor. »Gerade bei den Alten kann es schnell mal passieren, dass jemand dagegen stößt. Im Nu brennt es, und bald steht das ganze Altenheim in Flammen.« Das war natürlich maßlos übertrieben, und Heinz wusste das auch. Aber das war seine Art, sich zu wehren gegen dieses dauernde Mäkeln und Nörgeln von Jochen.

»Streitet euch doch nicht!«, mahnte Lili. Sie stellte gerade die Stühle im Halbkreis um den Tisch, auf dem das Kunstwerk von Heinz erstrahlte. Aber ihre Ermahnung nützte natürlich nichts.

Jochen packte die Liederbücher aus seiner Tasche. Er ließ sie so heftig neben dem Gesteck auf das wacklige Tischchen plumpsen, dass sich ein vergoldeter Kiefernzapfen löste und dem Weihnachtsmann vor die Füße rollte. »Eine echte Kerze ist ein Symbol. Ein Symbol für Licht und Wärme. Und für Weihnachten. Aber dieses synthetische Licht ist kalt und … und … und künstlich …«

»Lasst das doch!«, bat Lili.

»Wohlgemerkt: künstlich, nicht künstlerisch! Falls du überhaupt weißt, was das ist. Man muss sich ja schämen …«

»Dann hättest *du* ja einen Weihnachtsschmuck mitbringen können, wenn du es besser kannst!« Heinz kam mit rotem Kopf – ob vom Bücken oder von seinem Zorn, war nicht zu erkennen – unter dem Tisch hervor und klopfte seine Hosenbeine ab.

In diesem Moment kam der Pfarrer.

»Ah, da sind Sie ja! Vielen Dank, liebe Freunde, dass Sie sich bereit erklärt haben, unsere weihnachtliche Feier im Altenheim mit Ihrem Gesang zu verschönern. Als ich neulich Ihr Quartett hörte, dachte ich mir gleich: Über so einen Gesang würden unsere lieben Alten sich bestimmt freuen. Danke, dass Sie zugesagt und sich Zeit genommen haben. Ach, und den Weihnachtsschmuck haben Sie auch mitgebracht! Nein, was für ein … ein schönes Gesteck!«

Ein sorgfältiger Beobachter hätte merken können, dass er vor dem Attribut »schön« einen Sekundenbruchteil gezögert, sich dann aber doch dazu durchgerungen hatte. »Und dann dieses … dieses strahlende Licht in der Mitte!«

Jochen verdrehte die Augen, Heinz strahlte mit der elektrischen Kerze um die Wette, und Lili sagte: »Unser Alt fehlt noch. Gerda. Aber sie wird sicher noch kommen.«

»Es sind ja noch ein paar Minuten!«, tröstete sie der Pfarrer. »Können wir bitte nochmal die Reihenfolge der Lieder …« Alle vier beugten sich über ein Blatt Papier, das er neben dem Gesteck auf den Tisch legte und glatt strich. Die Bewegung veranlasste den Mohr aus dem Morgenland zu nickenden Bewegungen, als wollte er den Ablaufplan der Feier bestätigen.

Die ersten Senioren kamen herein und setzten sich. Der Pfarrer begrüßte jeden freundlich, sodass sie mit ihrer Planung nicht recht vorankamen.

Eine Bewohnerin wurde in einem Rollstuhl hereingefahren.

»Vorsicht bei dem Kabel!«, rief Heinz. Aber es war zu spät. Der Rollstuhl nahm das Kabel ein Stück mit, irgendetwas von Heinz' behelfsmäßiger Konstruktion ging kaputt, es knallte, und alles war dunkel.

Ein kurzer Schreckensruf aus etwa sechs bis acht Kehlen erscholl. »Die Sicherung ist rausgeflogen«, stellte Jochen fest. Zwar trumpfte er nicht gegenüber Heinz auf, hoffte aber doch darauf, dass der ihm nun von allein recht geben würde, dass dies mit einer Kerze nicht passiert wäre, und ein leiser Triumph klang in seiner Stimme mit.

»Ich werde den Hausmeister suchen«, versprach der Pfarrer. Aber da hatte er den Mund ziemlich voll genommen. Im Moment konnte er sich nur behutsam in Richtung Tür vortasten, wobei er noch einer der alten Damen mit der Hand durch die ergrauten Haare fuhr.

Zum Glück hatte einer der Senioren als passionierter Pfeifenraucher ein Feuerzeug bei sich. Das ließ er nun aufflammen, und das Volk, das im Finstern saß, sah nun wenigstens etwas Licht.

Der Hausmeister erschien, ohne dass man ihn hätte rufen müssen, mit einer Taschenlampe, betrachtete das Werk von Heinz, schüttelte wortlos den Kopf, zog den Stecker aus der Wand und mahnte: »Wenn ich die Sicherung wieder reingedrückt habe, tun Sie mir einen Gefallen, und stecken Sie das da nicht wieder in die Dose!« Dann verschwand er, und kurz darauf war es wieder hell.

»Ah – großartig!«, freute sich der Pfarrer. »Wie gut, wenn man einen Fachmann hat. Äh – ja, aber was machen wir nun mit dem … also, der Kerze?«

»Wir könnten eine richtige Kerze …«, schlug Jochen vor.

Heinz beschloss, sich dazu nicht zu äußern, überhaupt war ihm nicht nach Reden zumute.

»Ich habe eine schöne dicke Kerze in meinem Zimmer. Die kann ich holen«, bot eine Dame an, die – ungeachtet ihres hohen Alters – sehr gepflegt gekleidet war, und sich nun auch erstaunlich schnell erhob und hinauseilte.

»Gerda könnte nun aber wirklich kommen«, meinte Lili. »Es wird ihr doch nichts passiert sein? Zu dritt können wir nicht singen.«

In dem Moment kam sie zur Tür herein, eine alte Dame kräftig stützend.

»Da bist du ja endlich, Gerda«, stellte Jochen fest. »Es ist schon zwei Minuten über die Zeit, und wenn nicht Heinz für eine Verzögerung gesorgt hätte, hätten wir schon angefangen.«

»Entschuldigt bitte!«, lächelte Gerda. »Ich hatte noch Frau Sudmann besucht. Wir waren so tief im Gespräch, dass ich die Zeit vergessen habe.«

»Wahrscheinlich wärst du jetzt noch nicht hier, wenn nicht das Licht ausgegangen wäre und dich erinnert hätte, stimmt's?«, meinte Heinz, der ein wenig erleichtert war, dass erstens ein anderer auch etwas verkehrt gemacht hatte, was seinen Fehler in einem milderen Licht erscheinen ließ, und dass zweitens bei wohlwollender Betrachtung sein Fehler nun noch etwas Gutes hatte.

Frau Sudmann, die alte Dame, sagte: »Bitte entschuldigen Sie unser Zuspätkommen! Ich bin so froh, dass ich mal Besuch bekommen habe. Hatte ich schon lange nicht mehr. Und von einem jungen Menschen! Ich konnte mir mal alles von der Seele reden, und Gerda hat geduldig zugehört und auch mit mir gebetet. Ich freue mich so! Es ist ein Gefühl wie Weihnachten.«

»Was heißt hier ›wie‹ – es ist Weihnachten«, sagte der Pfarrer.

Inzwischen war die neue, die echte Kerze eingetroffen, und der Pfeifenraucher hatte sie entzündet.

Gerda half Frau Sudmann zu einem Stuhl. Dabei mussten sie sich nebeneinander zwischen Rollstuhl und Tisch hindurchzwängen, und die Dame stieß heftig an Letzteren, sodass die Kerze bedrohlich wackelte. Sie war ja nur provisorisch aufgestellt. Heinz griff schnell danach, stellte sie wieder gerade hin und warf einen triumphierenden Blick zu Jochen hinüber. Der hatte aber die Gefahr gar nicht bemerkt. Oder tat er nur so?

»Danke, liebe Gerda!«, sagte Frau Sudmann, als sie endlich saß. »Du bist so gut zu mir! Danke!«

Der Pfarrer meinte: »Ist es nicht etwas Schönes, wenn wir einander helfen? Einander zum Segen sind? Unsere Kerze hier erinnert mich an ein altes Lied, das wir früher viel gesungen haben. ›Im Leuchten sich verzehren‹, hieß es darin. Ein treffendes Bild ist die Kerze für die Aufgabe, die jeder von uns zu erfüllen hat: Etwas von sich selbst verlieren, um für andere zu leuchten. Danke, Gerda, dass Sie uns gerade ein Beispiel dafür gegeben haben!«

»Ach, Unsinn!«, sagte Gerda.

Bei dem Wort »Unsinn« im Zusammenhang mit einer Rede des Pfarrers zuckten einige der Senioren erschreckt zusammen.

»Äh, Entschuldigung!«, schob Gerda nach. »Äh … ich meine nicht Sie, Herr Pfarrer!«

Jochen grinste: »Wen meinst du denn sonst?«

»Ich meinte …« Gerda überlegte, wie sie es ausdrücken sollte, während alle vierzehn Augenpaare gespannt auf sie gerichtet waren. »Mit dem sich selbst verzehren, um zu leuchten … also, ich fühle mich ganz und gar nicht so. Da müsste ich ja das Licht selbst hervorbringen. Ich finde, ein besserer Vergleich ist da eine elektrische Kerze. Die leuchtet nicht in eigener Kraft, sondern bekommt ihre Kraft von außen zugeführt. Ich bekomme alles von Gott. Wenn ich an ihn angeschlossen bin, dann … na ja, Sie wissen schon, was ich meine.« Sie setzte sich auf den letzten freien Stuhl.

Heinz, nun etwas versöhnlich gestimmt, vermied es, Jochen einen Blick zuzuwerfen. Jochen nahm die Stimmgabel und winkte Gerda, die sich nun mit den anderen aufstellte. Lili reichte jedem die Noten. Jochen gab den Ton an, und sie setzten gemeinsam ein:

Das ewig Licht geht da herein.
Gibt der Welt ein' neuen Schein.
Es leucht' wohl mitten in der Nacht
und uns des Lichtes Kinder macht.
Kyrieleis.

Jürgen Werth

Existenziell berührt

Licht! So ein Licht! So ein ärgerliches Nachttischlämpchenlicht! Es ist 6.30 Uhr. Verschlafen schiebt sich Thomas Merz aus dem Bett. Alles noch dunkel draußen. Klar. Ist halt noch nicht Frühling. Muss man durch. Jeden Morgen wieder.

Gequält streckt sich die linke Hand Richtung Zimmerdecke. Die rechte verschämt Richtung Mund. Obwohl: Er kann ihn aufreißen, so weit er will. Gähnen, so viel er will. Ist eh keiner da.

Radio an. Und die Kaffeemaschine. Wasser in die Kanne. Filter in den Trichter. Pulver in die Tüte. Vier Löffel. Dann Zähne putzen, rasieren, Haare waschen, Achseln einsprühen – jeden Morgen das gleiche Ritual. Alltagsmorgen.

Ein müder Blick aus dem Fenster. Wie ist das Wetter heute? Wieder feucht und kühl und neblig? Wie beinahe jeden Tag während der letzten Wochen? Der Himmel scheint klar. Jedenfalls kein Regen. Und kein Schnee.

Als ihm beinahe die Zahnbürste aus der Hand fällt. Draußen ist auf einmal alles taghell. Taghell um 6.40 Uhr! Im Winter! Licht! So ein Licht! Und ein Knall. Dauert's eine Sekunde? Drei Sekunden? Was ist das? Für einen Moment stimmt nichts mehr. Ist die Nacht nicht mehr Nacht, der Morgen nicht mehr Morgen, Thomas Merz nicht mehr Thomas Merz. Für einen Moment steht die Erde still. Jagen Panik und Glück durch seine Seele. Träumt er noch? Ist er verrückt geworden? Ist das das Ende der Welt? Oder der Anfang?

Radio an. Mit zitternden Fingern. Gute-Laune-Musik wie immer. »Gleich Viertel vor sieben!« Weiß er doch längst selbst. Anderer Sender. Und endlich die Nachricht:

»Ein Lichtphänomen am Himmel hat vor wenigen Minuten die Bevölkerung in unserem Sendegebiet in Aufregung versetzt. Wie die Polizei mitteilt, haben sich zahlreiche Menschen gemeldet, die von einem grellen Blitz und einem anschließenden Knall berichtet haben. Manche sprechen von einem UFO.«

Thomas Merz wischt sich Schweiß von der Stirn. Hat er Angst gehabt? Wenigstens ist er nicht verrückt geworden. Wenigstens haben auch andere gesehen, was er gesehen hat.

Aber was um alles in der Welt war das? Was ist passiert?

Stunden später die Aufklärung: nein, kein UFO, natürlich nicht. Die Europäische Weltraumbehörde meldet, dass es sich wohl um einen Meteoriten gehandelt hat, der in fünfzig bis hundert Kilometer Höhe in der Atmosphäre verglüht ist. Entwarnung also. Aber immer noch rufen Menschen bei der Polizei an, bei den Zeitungen, in den Radio- und Fernsehredaktionen. Müssen einfach erzählen. Von großen Glücksgefühlen, die das unerwartete Licht bei ihnen ausgelöst hat. Oder vom glatten Gegenteil: von Angst und von Panik. Experten werden befragt. Sie sagen, dass so eine besondere Lichterscheinung die Menschen existenziell berührt. Ganz tief drinnen etwas macht mit ihnen.

Existenziell berührt.

Wie damals auf den Hirtenfeldern, denkt Thomas Merz. Da ist auch auf einmal ein helles Licht in die dunkle und trübe Alltagsroutine der Hirten geplatzt. Und hat Angst und Schrecken verbreitet. Aber auch Freude und Glück. Sie waren wirklich existenziell berührt. Kann man nachlesen. Lukas 2. Damals ist ein Engel erschienen mit einer Ankündigung, die bis heute an jedem 24. Dezember in den Kirchen vorgelesen wird. Und nicht nur da. »Fürchtet euch nicht. Siehe, ich verkündige euch große Freude, die allem Volk widerfahren wird. Denn euch ist heute der Heiland geboren, welcher ist Christus, der Herr, in der Stadt Davids!«

Existenziell berührt.

Wie damals die Weisen aus dem Morgenland, denkt Thomas Merz. Die sehen ein helles Licht am Himmel. Einen Stern vielleicht. Und wissen sofort: Etwas Besonderes ist geschehen. Etwas Außergewöhnliches. Sie müssen hin, koste es, was es wolle. Und sie machen sich auf eine lange beschwerliche Reise. Am Ende finden sie ein Kind in der Krippe und erfahren: »Euch ist heute der Heiland geboren!«

Existenziell berührt.

Wie irgendwann einmal, wenn dieses Kind aus der Krippe als göttlicher Herrscher zurückkommt auf die Erde, denkt Thomas Merz. Wie heute Morgen wird es vielleicht sein. Taghell mitten in der Dunkelheit. Und so ähnlich wie heute Morgen werden die Menschen wohl reagieren. Glücklich oder erschrocken. Und das hat dann etwas damit zu tun, ob sie sich über die Ankunft dieses Heilands freuen. Ob sie ihn kennen oder nicht. Ob sie sich von ihm beglückt oder bedroht fühlen.

Existenziell berührt.

Na ja, heute Morgen war's noch nicht so weit, lächelt Thomas Merz. Aber er kann sie nun ein bisschen besser verstehen, die Hirten und die Weisen. Und er weiß, dass er sich freuen möchte, wenn's eines Tages so weit sein wird, und das Licht zurückkommt.

Christoph Zehendner

Lebens-Licht

Licht. So ein Licht. So ein helles, grelles, unangenehmes Licht. Es beleidigt meine Augen, es tut mir weh, dass ich schreien möchte. Und erinnert mich doch daran, dass ich am Leben bin, wieder am Leben bin.

Flutendes Neonlicht, so wie es üblich und wohl auch sinnvoll ist in Räumen wie diesem. Gerade noch hatte ich es nicht wahrgenommen, gerade noch war ich hier und doch nicht hier. Mein Körper lag auf dem Bett, auf das sie mich gelegt hatten, und doch war ich ganz woanders. In einer Welt, deren warmes Licht mir so wohltat. In einer Welt, in der all das von mir abgefallen war, was mich in den Stunden vorher noch so beschäftigt und belastet hatte.

Auch wenn es mir im Nachhinein wie eine Ewigkeit vorkommt – eigentlich können erst wenige Stunden vergangen sein seit dem Frühstück. Den Geschmack von Kaffee habe ich noch auf der Zunge. Wie immer fiel mein Frühstück knapp aus, ein schneller Toast, ein paar Schluck Kaffee, dann im Galopp los Richtung Garage.

Erst wollte die Kiste nicht anspringen. Die altersschwache Batterie schmollt bei solchen Temperaturen gerne einmal. Als der Motor dann endlich lief, war ich hoffnungslos zu spät dran, raste los, bemerkte den gefährlichen dünnen Film auf den Straßen kaum.

Um ehrlich zu sein: Ich bemerkte ihn sehr wohl … bin ja schließlich kein Anfänger. Aber ich schenkte ihm zu wenig Beachtung. Pünktlich ankommen, Zeit aufholen, schnell sein – das war meine Priorität an diesem Morgen. Das ist meine Priorität, solange ich denken kann. Deswegen trat ich aufs Gaspedal und hastete die Straße herunter und ärgerte mich über die Lüftung, die mit den beschlagenen Scheiben nicht fertig wurde, und fuhr zu schnell an die Kreuzung heran und sah erst im letzten Moment einen Schatten und …

Das war's dann wohl, schoss es mir in den entscheidenden Zehntelsekunden durch den Kopf, als mir der Scheinwerfer des großen Gegenübers (muss mindestens ein Zwölf-Tonner sein, dachte ich noch) plötzlich immer näher kam.

Dann Filmriss.

Und jetzt plötzlich dieses Licht, hier in irgendeinem Krankenhaus-Zimmer, in das sie mich geschleppt haben. Grell kommt mir das Licht noch immer vor. Aber irgendwie muss ich mich daran gewöhnt haben, ein ganz kleines bisschen freue ich mich jetzt darüber, dass ich es wahrnehmen kann.

Ich blinzle, versuche den Kopf zu bewegen, um mehr zu sehen als nur die weiß gestrichene Zimmerdecke. Aber ich kann mich kaum rühren, spüre: Das wird wohl noch eine Weile dauern. Einstweilen liege ich hier fest, muss den Schläuchen und Kabeln vertrauen, die mir unbekannte Menschen angelegt haben als neue Nabelschnüre, die meinen lädierten Körper am Leben erhalten.

Leben. Mir kommt die Zwischen-Zeit in den Sinn, die Zeit nach dem Aufprall auf der verschneiten Straße und vor dem Aufwachen hier im hellen Raum. Wie soll ich diese Phase beschreiben, wo ich sie mir doch selbst nicht erklären kann?

Ruhig war es, mit einem Schlag ganz still. Und warm, angenehm, einladend waren die Atmosphäre, die Umgebung, das Licht. Ein Licht wie der Schein eines Lagerfeuers. Ein Licht wie der Blick einer schönen Frau. Ein Licht wie ein junger Morgen und ein prachtvoller Sonnenuntergang auf einmal. Ein Licht, wie ich es nie vorher sah und wie ich es liebend gerne wieder sehen würde.

Mir fehlen die Worte, zu beschreiben, was ich erlebt und empfunden habe. Ich ahne nur, dass das Licht von jener Gestalt ausging, die in dieser anderen Welt auf mich wartete.

Religiöser Wahn? Albtraum eines Sterbenden? Mir doch egal, schön war es, unendlich schön. Da waren nur diese Licht-Gestalt und ich. Und das Erlebnis war tiefer, wertvoller, wahrer als alles, was ich jemals zuvor erlebt hatte in meinem Leben.

»Ich bin das Licht der Welt«, schoss es mir durch den Kopf, ein Satz, den ich im Konfirmandenunterricht gelernt hatte. Doch ich kam gar nicht dazu, über die Bedeutung dieses Satzes nachzudenken.

Ich genoss einfach, ich saugte auf, ich war ich, wie ich noch nie zuvor ich war. Ich sah, hörte, roch, lebte intensiver als je. Und ließ mich berühren und verwöhnen und heilen und stärken von diesem Licht. Und von dem, der es zu mir schickte.

Welch ein Licht …

Aber jetzt: aufgewacht unter kaltem Neon. Muss das sein?, frage ich mich unwillig. Und spüre doch: Dieses Licht ist ein klares Zeichen dafür, dass ich dem Tod noch einmal von der Schippe gesprungen bin. Ich lebe, Gott sei Dank, ich lebe und habe die Chance, wieder selbst zu atmen und auf die Beine zu kommen.

Leben. Ein Leben nach dem Leben. Ein Leben nach dem Beinahe-Tod. Ein anderes Leben muss es werden, da bin ich mir sicher. Bewusster vielleicht als früher, intensiver. Tiefer und ruhiger. Wertvoller und menschlicher. Geprägt von dem Licht, dessen Schein ich tief in mir bewahrt habe als kostbaren Schatz. Was Priorität hat und was nicht, darüber werde ich neu nachdenken müssen. Nachdenken können. Nachdenken dürfen. Gott sei Dank!

»Ich glaube, er kommt zu sich«, höre ich eine Stimme flüstern, die mir vertraut und lieb ist. »Ich zünde eine Kerze für ihn an, damit er spürt, dass heute Weihnachten ist!«

Ilse Ammann-Gebhardt

Kinderweihnacht

LICHT! SO EIN LICHT gab es nicht wieder. So ein Licht wie in jenen Jahren konnte es gar nicht geben.

Manchmal, wenn es zu schneien begann, hatten wir auf der Straße gestanden – die ganze kleine Kinderbande aus der Nachbarschaft –, hatten uns mit weit ausgestreckten Armen jauchzend und singend im Kreise gedreht, das Gesicht zum Himmel erhoben, und ließen uns die ersten Flocken in den offenen Mund fallen. Aber an anderen Tagen – nein, so ein Licht gab es nicht mehr. Mitten in unsere Spiele hinein hatte ein Kind gerufen:

»Das Christkind bäckt Zuckerzeug!« – und augenblicklich stand die ganze kleine Schar still und starrte gegen Westen, wo der Himmel rot und golden in Flammen stand. Und wir träumten selige Kinderträume …

Im Himmel stand die große Ofentür weit offen, der helle Feuerschein fiel heraus und lag feuerrot lodernd über den Hügeln, weit, weit – bis die Tür nach einer Weile zuging und der Licht- und Feuerzauber erlosch. Wir wussten alle: Das Christkind bäckt »Zuckerzeug«!

Und kein anderes Wort klingt so knusprig und zuckrig, man spürt das Wort zwischen den Zähnen, und nie sonst hat man solches Licht gesehen. Außer am Heiligen Abend, wenn man aus dem dunklen Flur still und staunend ins dämmrige Weihnachtszimmer trat, wo der Christbaum schimmerte und strahlte … Aber das war anders.

Und jetzt war alles anders: 1946, Nachkriegszeit. Die Großen hatten alle Hände voll zu tun, um wieder mit dem Leben und den Gegebenheiten zurechtzukommen. Zum Glück waren Gärten, Kleinvieh und Felder da. Wir mussten nicht hungern, doch die viele Arbeit ging manchmal fast über die Kräfte. Zeit, sich mit der Vergangenheit zu befassen, hatten sie nicht. Auch keine Zeit, sich viel mit den drei heranwachsenden Kindern zu beschäftigen.

Vor drei Monaten war ich zwölf geworden und, wie ich mich erinnere, nachdenklich.

Mama hatte keine Ahnung, womit ihr Kind sich abmühte, was in mir vorging. Ich hatte von klein auf so gern gelebt, alles so stark und intensiv empfunden. Die wilden Spiele der Kinderjahre, zauberhafte, duftende Frühlingstage, leise fallender Schnee und Eiszapfen, und vor allem das Weihnachtsfest waren unvergesslich. Unter dem Krieg hatten wir in den ersten fünf Jahren nicht mehr gelitten als alle anderen; das letzte Jahr aber – Evakuierung, Bombenangriffe, russische Besatzung –, das war erbarmungslos gewesen. Und dann war alles vorbei. Papa kam aus der Gefangenschaft, ich ging aufs Gymnasium …

Doch es gab Not an allen Ecken. Ich sah das alles und dachte nach: über das Leben, mein kurzes Leben, den Krieg … Vor zwei, drei Jahren hatte ich nur gewusst, dass Krieg war, »die Feinde« Bomben warfen, und viele Menschen starben. Aber jetzt erfuhr ich mehr und bewegte tausend Fragen: Wie nur war es möglich gewesen, dass *mein eigenes Volk* einen so schrecklichen Krieg gemacht hatte? Die Namen hatten jetzt einen bitteren Klang: Hitler, Göbbels, Göring, andere … *Mein Volk*, *mein Deutschland,* war schuldig geworden und hatte so viel Leid und Not und Tod verursacht. Wie sollte ich das verstehen?

Vor kurzem hatte ich beim Blättern in einem Notenbuch zufällig das Deutschlandlied aufgeschlagen. Wie gerne hatte ich das gesungen, es klang so ergreifend, fast wie in der Kirche! Jetzt las ich den Text bewusst – nie wieder durfte man dieses Lied singen! Ich nahm einen Bleistift und machte zwei große X über die Notenseite, ganz langsam, ganz bitter und enttäuscht, und ich schämte mich in meinem Herzen. Ich sprach mit keinem darüber, aber die Scham war in mir und blieb.

Und jetzt kam wieder Weihnachten. Unsere kleine Kinderbande jauchzte und tanzte nicht mehr mit offenem Munde im fallenden Schnee ... Wir standen nicht mehr und tauchten unsere Blicke ins Abendrot, träumten nicht mehr von Himmel und »Zuckerzeugbacken«... Alles war vorbei. Wir waren große, allzu ernste Kinder geworden. Selbst der Weihnachtsbaum übte nicht mehr den gleichen Zauber aus. Ich stand neben meinen Eltern, Opa und Oma und den beiden kleineren Schwestern und sang mit. Sang von der Freude und dem Licht, aber: So ein Licht, so eine Freude wie damals, vor ein paar Jahren noch, gab es nicht mehr ... Nie mehr?

Zwei Wochen nach Weihnachten evangelisierten meine Eltern im Dorf. Ich war dabei und hörte aufmerksam zu. Und – was mir an Weihnachten nicht geworden war, das geschah an einem dieser Abende: Christus, das Licht der Welt, kam in mein Leben. Christus, der die traurigen und enttäuschten Herzen froh macht – er kam und nahm mich bei der Hand. An einem dieser Abende weihte ich ihm mein Leben. Für immer.

Gerrit Pithan

Ellis Island

»Licht. So ein Licht ...«, summte Bob, der Wachmann von Ellis Island, in Erinnerung an den Gottesdienst leise vor sich hin. Am Nachmittag hatte er mit seiner Familie Weihnachten gefeiert, jetzt hatte er seine Nachtschicht auf der kleinen Museumsinsel angetreten. Die Luft war kalt, und Nebel ließ alle Konturen verschwimmen. Das Licht der Freiheitsstatue war nur ein trüber Lichtfleck in der Bucht. Es machte ihm nichts aus, Weihnachten zu arbeiten. Ruhe und Besinnung fand er nicht nur im Kreise der Familie, sondern auch in der Nachtschicht.

Langsam drehte er seine Runde auf der Museumsinsel, als er plötzlich innehielt. Für einen Moment hatte er gedacht, er hätte jemanden auf der Bank am Ufer gesehen, aber das musste eine Täuschung sein. Als er näher kam, merkte er, dass dort tatsächlich jemand saß.

»Keine Bewegung!«, rief er und richtete die Taschenlampe auf den Fremden. Dieser drehte sich etwas herum und blickte ihm entgegen. Es war ein Mann, etwa fünfzig Jahre alt, schlank, Brille, grauer Stoffmantel und Hut.

»Wer sind Sie? Was machen Sie hier? Wie kommen Sie hierher?«

Ein Lächeln huschte über die Züge des Mannes.

»Erstens: Gerald Springer. Zweitens: Ich denke nach. Drittens: Mit dem Boot, aber ist das nicht eigentlich egal?«

Langsam griff er in die Manteltasche und reichte dem Wachmann seinen Ausweis. Nachdem dieser sich von der Richtigkeit der Angaben überzeugt hatte, reichte er ihm den Ausweis zurück.

»Für einen Moment dachte ich, ich sähe das Gespenst eines Immigranten.«

»Beinahe richtig«, meinte Springer, »allerdings bin ich sehr greifbar und nicht Immigrant, sondern Emigrant.«

»Aus welchem Land sind Sie denn emigriert?«

»Immer noch nicht ganz richtig. Ich bin nicht emigriert, ich werde emigrieren.« Er machte eine Pause. »Ich stamme ursprünglich aus Boston, bin sozusagen ein waschechter WASP*, vielleicht sogar ein direkter Nachkomme der Pilgerväter. Also ein typischer Vertreter der Mehrheit, wie man meinen sollte. Heute bin ich hier, um mir darüber klar zu werden, ob ich aus-

* WASP = White Anglosaxon Protestant

wandere, und ich habe mich dafür entschieden. In drei Wochen werde ich mit meiner Familie das Land verlassen.«

»Geht es Ihnen wirklich gut?«, fragte Bob. »Das hier ist Ellis Island, die Insel der Einwanderer, dort drüben ist die Freiheitsstatue, und im Hintergrund hören Sie die Nebelhörner des Hafens von New York. *The big apple* … wie man überall sagt, das hier ist *God's own country*, und das wollen Sie verlassen?«

»Aber das ist ja der Grund, warum ich gehe«, stieß Springer hervor. »Ich bin in Virginia Dozent für Theologie an einem College meiner Kirche. Viele Jahre habe ich dort gelebt und selbstständigen Glauben gelehrt, Pastoren ausgebildet und Bücher geschrieben. Es war meine Leidenschaft, Bücher zu schreiben, denn damit konnte ich mehr Menschen erreichen als mit meinen bloßen Worten. Ich habe nicht nur leibliche Kinder … meine Bücher sind für mich gedruckte Kinder, die ich in die Welt schickte.« Er stockte aufgewühlt. »Entschuldigen Sie mein Pathos.«

Der Wachmann setzte sich neben ihn und holte eine Thermosflasche aus der Innentasche seiner Uniform.

»Trinken Sie einen Schluck Glühwein!«

Springer trank und hustete.

»In den letzten Jahren hat sich meine Kirche mehr und mehr verändert. Man versuchte, den Glauben in neuen Glaubensbekenntnissen festzulegen. Alle Angestellten unserer Kirche sollten sich dazu öffentlich bekennen oder ihren Job verlieren. Eine bestimmte theologische Richtung hat die Macht übernommen. Im Kern geht es immer um Macht, mag man dafür noch so fromme Vokabeln benutzen. Sie haben eine neue Hierarchie geschaffen, eine Pastorenkirche, und damit entmündigen sie die einfachen Menschen in den Gemeinden.«

»Ich bin nur ein ungebildeter Mann«, meinte Bob, »ist es denn schlimm, wenn man den Glauben genau festlegen will?«

»Nein, ist es nicht. Man braucht schon eine gemeinsame Basis, aber wenn jedes Detail zur Wahrheitsfrage hochstilisiert wird, dann schießt man über das Ziel hinaus. Ich sollte mich dazu bekennen, dass Frauen ihren Männern untergeordnet sind. Ich liebe meine Frau, deshalb konnte ich das nicht mittragen. Die theologische Arbeit wurde immer weiter eingeschränkt, und man begann, die Lehre zu überwachen. Die Bibel, dieses lebendige und vielstimmige Buch, wurde sozusagen mit einer Dampfwalze überrollt und zur nicht hinterfragbaren Wahrheit erklärt. Der Glaube an den lebendigen Gott wurde durch den Glauben an einen Bibelgötzen ersetzt. Und man verlangte von mir, dass ich dieses verkürzte Schriftverständnis lehren sollte.«

Der Wachmann schüttelte den Kopf.

»Ich habe es gern, wenn alles klar und einfach ist.«

»Aber das Leben ist nicht klar und einfach, und das habe ich auch gelehrt. Auch der Glaube besteht aus vielen komplizierten Fragen und Themen, auf die es keine einfachen Antworten gibt. Vor einem Jahr nahm mir meine Gemeinde das Rederecht. Seitdem darf ich dort nicht mehr predigen. Einige christliche Zeitschriften warnten vor meinen Büchern. Inzwischen hat selbst mein College meine Bücher aus der Bibliothek genommen. Ich sagte ja, es sind meine Kinder, meine geistigen Kinder, die sie letztlich getötet haben.«

Springer nahm einen weiteren Schluck aus der Flasche des Wachmannes.

»Weihnachtszeit, Weihnachtszeit …« Er lachte bitter. »Eine der Weihnachtsgeschichten erzählt auch von einem Kindermord.«

»Aber da handelte es sich nicht um Bücher«, warf Bob ein.

»Nein, das nicht, Sie haben recht. Vor ein paar Wochen gab ich mein letztes Seminar am College. Ich lehrte, dass die Evangelien vier unterschiedliche Ansätze über die Menschwerdung Christi haben, je nachdem, an wen sie gerichtet sind oder welchen theologischen Schwerpunkt sie setzen. Das kostete mich meine Lehrerlaubnis. Man hält in meiner Kirche unterschiedliche Ansätze, unterschiedliche geistliche Prägungen, kurz gesunde Vielfalt nicht mehr aus. Alles ist Geist der Kritik und muss entfernt werden.«

Bob schüttelte den Kopf. »Ich halte mich an das, was auf dem Dollar steht: Wir vertrauen auf Gott.«

»Aber das ist Gotteslästerung!«, fuhr Springer auf. »Wir sind stolz darauf, dass wir Kirche und Staat trennen. Aber wir denken uns nichts dabei, wenn Kirche und Wirtschaft fröhlich unter der bürgerlichen Decke miteinander kopulieren!«

Der Wachmann steckte seine Flasche wieder ein und fragte: »Was wollen Sie eigentlich?«

»Freiheit«, meinte Springer, »meine Freiheit, zu glauben und zu denken. Und ich will, dass wir Gottes Freiheit zulassen, anders zu sein, als wir es gerne hätten.«

»Freiheit wollen Sie? Aber da drüben ist sie doch, unsere Freiheit. Für die Gutwilligen ist unser Land ein Paradies.«

Er wies zur Freiheitsstatue.

Springer lächelte. »Sehen Sie hin, eine trübe Lampe im Nebel. Das ist keine Freiheit mehr, und die Freiheitsinsel der Immigranten ist nur noch ein Museum. Dieses Paradies ist mir vergällt.« Plötzlich lachte er. »Hier ist der Eingang zum Paradies, und Sie sind der Wächter davor, der Engel von Ellis Island. Nur das flammende Schwert wurde durch den Revolver ersetzt.«

»Ihr Zynismus ist … ist krank. Wie können Sie zu Weihnachten so reden? Vielleicht ist es wirklich besser, wenn Sie unser Land verlassen.«

»Dafür habe ich mich ja entschieden. Lassen Sie mich hier die Nacht verbringen. Bei Tagesanbruch, wenn sich der Nebel verzogen hat, kehre ich nach New York zurück. Und in wenigen Wochen reise ich ab.«

»Wohin werden Sie gehen?«

»Eigentlich dachte ich an Europa, aber vielleicht erscheint mir ja im Schlaf noch ein anderer Engel und gibt mir einen Tipp. Jedenfalls folge ich dem, dessen Geburt wir feiern. Vielleicht wird es ja wie bei ihm Ägypten, das soll ein schönes Land sein.«

Der Wachmann schüttelte den Kopf, stand auf und setzte seinen Rundgang fort. Als er sich noch einmal umdrehte, saß Springer noch immer auf der Bank und schaute nach Osten übers Meer. Er versuchte wieder, das Lied zu summen, das ihm so gut gefallen hatte, aber der Text fiel ihm nicht mehr ein.

Albrecht Gralle

Zum Anfassen

»Licht? So … Ein Licht hast du also gesehen?«

Sie nickte stumm. Das Sprechen war mühsam. Schließlich hustete sie wieder und flüsterte: »Aber es war … es war nicht das übliche Licht. Es war viel greifbarer. Ich konnte mit den Händen hineinfassen und die … die Lichtkörner spüren. Es kribbelte, und ich wusste, dass das Licht lebendig war wie ein winziger Fischschwarm … Als ob Goldkörner Leben hätten und durch die Luft schwebten.«

»Lichtkörner? Goldkörner? Was für ein Unsinn! Es gibt keine Lichtkörner. Und selbst, wenn es sie gäbe, dann könnte man sie nicht anfassen. Licht kann man nicht anfassen.«

»Ich weiß.« Husten. »Das weiß ich alles. Aber wie ist es mit Feuer? Da gibt es doch auch kleine leuchtende Punkte. Oder … denk' doch an eine Wunderkerze, wie da die Lichtkörner nach allen Seiten wegspritzen!«

Sie schien sich an diese Vergleiche zu klammern wie eine Ertrinkende an einen vorbeitreibenden Balken.

Er schüttelte den Kopf und lächelte wie man lächelt, wenn man einem Kind erklärt, dass der Weihnachtsmann in Wirklichkeit Onkel Kurt war.

»Das sind winzige Asche- oder Rußpartikel, die glühen. Aber … Licht an sich kann man nicht anfassen!«

Husten. Dann wieder das Flüstern: »Man könnte es anfassen, wenn man selbst für kurze Zeit aus Licht besteht oder vom Licht überschattet wird …«

Er lachte. »Vom Licht überschattet! Das hört sich vielleicht an!«

Etwas versöhnlicher fuhr er fort: »War wohl eine Art Traum.«

»Hm. Dann …« Längerer Husten. »Dann war es eben ein Traum. Aber … aber das Licht kam von dem Weihnachtsbaum im Flur.«

»Meine Güte, Mutter!« Seine Stimme bekam einen ungeduldigen Unterton. »Das ist ein billiger Plastikbaum mit Zwölfvolt-Lämpchen, den die Stationsschwester gestern aufgestellt hat.«

Die ganze Zeit hatte er auf dem Bettrand gesessen und stand nun auf. »Möchtest du vielleicht etwas trinken?«

Sie nickte. Er goss ein wenig Johannisbeersaft in die Schnabeltasse, half ihr beim Aufrichten und gab ihr die Trinkhilfe in die Hand.

Mit geschlossenen Augen trank sie die Tasse leer. Dann ließ sie sich seufzend in das Kissen zurücksinken.

»Diese … Lichtkörner flossen durch mich hindurch, weißt du, sie strömten durch meinen Bauch und … rückten alles irgendwie zurecht. Ich hätte stundenlang darin baden können.«

Er setzte sich wieder und nahm ihre Hand. »Dein Bauch wie ein Zimmer, das aufgeräumt wurde, was?«

Sie lächelte über den Vergleich. »Ja, so ähnlich. Natürlich nicht der richtige Bauch.« Sie hustete. »Es war eher mein … mein Innenleben: Gedanken, Gefühle, Bilder, die ihren Platz bekamen. Ich verstand plötzlich mein Leben. Wie eine stumme Therapie. Das war schön. Mein … richtiger Bauch mit den ganzen Gedärmen und so ist ja immer noch krank.«

Er nickte. »Ja, es wäre besser gewesen, wenn die Lichtkörner deinen richtigen Bauch behandelt hätten.«

Sie schüttelte den Kopf. »Nein, nein. Es ist besser so. Früher oder später …«

»Fang nicht damit wieder an. Zum Sterben ist es noch zu früh. Meine Güte, mit zweiundsechzig. Und dann noch vor Weihnachten! Was soll ich denn dann mit deinen Geschenken machen? Ins Grab hinterherschütten? Das erlauben die nicht. Man darf nur Blumen oder Dreck werfen.«

Sie lachte und hustete abwechselnd. »Ich werd' mir Mühe geben und erst nach Weihnachten gehen.«

»Du vergisst Ostern. Man kann nicht vor Ostern sterben.«

»Wieso? Das passt doch«, flüsterte sie. »Er ist doch auch vor Ostern gestorben.«

»Aber er war nur zwei Tage tot. Bei dir wäre das anders.«

Sie blickte zur Seite und wechselte das Thema: »Was schenkst du mir denn zu Weihnachten?«

»Och, ich denke, du wirst dich darüber freuen.«

»Etwas Kurzlebiges, nehme ich an.« Sie verzog ihre blassen Lippen zu einem schiefen Grinsen.

Er grinste unwillkürlich mit. »Jedenfalls, dein Hauptgeschenk kann sehr langlebig sein. Kommt darauf an, wie man es pflegt. Ich werde es dir nicht verraten. Nachher gefällt es dir nicht, und dann stirbst du mir doch noch weg.«

»Sebastian!« Ihr Flüstern war kaum noch zu hören. Er beugte sich herunter und musste sich überwinden, weil ein unangenehmer Geruch aus ihrem Mund strömte.

»Es tut gut, mit dir so leicht über alles zu reden«, flüsterte sie weiter. »Und du … du bist auch nicht so … ekelhaft mitleidig wie die anderen und … und diskutierst mit mir über Lichtkörner und sagst nicht: *Ja, Mutter* und denkst dabei: *Lass die Alte mal reden.* Das ist schön.« Sie machte eine Pause nach dieser langen Rede. Dann raffte sie sich nochmals auf und sagte: »Aber, weißt du, es kann wirklich sein, dass ich es bis Weihnachten nicht schaffe.«

Ein entschuldigender Ausdruck, der ihn fast zu Tränen

rührte, streifte ihn. Er musste schlucken, als er seine Mutter so daliegen sah und im selben Moment Bilder von früher auftauchten, als sie noch eine tatkräftige Frau war und die Dinge anpackte, die getan werden mussten.

Sie bewegte lautlos die Lippen, und er musste sich wieder hinabbeugen und hielt dabei den Atem an, um dem Geruch zu entkommen.

»Sag mir lieber jetzt, was für ein Geschenk das ist. Vielleicht hilft es mir.«

Er zögerte und überlegte. Schließlich legte er seinen Mund an ihr linkes Ohr und sagte: »Miriam ist schwanger. Termin ist der 21. Juni.«

Sie schloss die Augen und lächelte. Dann konzentrierte sie sich, holte Luft und sagte diesmal wieder etwas klarer: »Ziemlich passendes Geschenk für Weihnachten. Dafür lohnt es sich, noch durchzuhalten und dich als Vater zu erleben. Vielleicht kommt das Weihnachtslicht wieder zu mir, dann schaff ich es.«

»Das Licht mit den Goldkörnern«, murmelte Sebastian und fand es gar nicht mehr so seltsam, dass man Licht anfassen konnte.

Katrin Schäder

Erschrecket, ihr Hirten …

»LICHT. SO EIN LICHT …«

»Falsch, falsch, ganz falsch! Könnt ihr euch nicht mal so einen einfachen Text merken? Also ehrlich!« Und damit fasste sich Sven, seines Zeichens Regisseur des Krippenspiels, an die sorgenumwölkte Stirn. »Es heißt ›ein Licht, ein Licht, ein großes Licht …‹ Und ihr sollt dabei erschrecken! Nochmal!«

»Ein Licht, ein Licht, ein großes Licht …«, leierte Hirte Matthias. Es klang ungefähr so spannend, als würde er aus dem Telefonbuch vorlesen.

»Wo, Bruder, wo? Ich sehe nichts!«, leierte Hirte Thomas hinterher. Und beide guckten bestenfalls verschlafen.

Der Regisseur hatte sich unterdessen den Schal – Zeichen seiner Würde – abgerissen und biss nun voller Verzweiflung hinein. »Mpfein unpf pfochmal mpfein!«

»Was denn jetzt schon wieder!« Uwe, der dritte Hirte, der eigentlich nur textlos erschrecken sollte, sah beleidigt zum Urheber der erstickten Töne. »Ich hab' dir gleich gesagt, dass ich das nicht kann! Und nun meckerst du dauernd! Ich kann nicht erschrecken, wenn gar nichts zum Erschrecken da ist! Hast du nicht wenigstens einen Scheinwerfer oder so?«

»Doch nicht bei der Probe!«, knurrte Sven.

»Oder wenigstens eine Taschenlampe?«, wagte Hirte Matthias vorzuschlagen.

»Ich habe gleich einen Nervenzusammenbruch, wenn ihr drei es nicht schafft, vor den himmlischen Heerscharen zu erschrecken! Stellt euch vor, ihr liegt friedlich um ein Feuer, döst ein bisschen, und plötzlich wird alles strahlend hell, und ihr seht Engel! Da erschrickt man doch, oder? Na also! Dann erschreckt gefälligst mal! Letzter Versuch!«

Doch auch dieser, musste Regisseur Sven heimlich gestehen, war höchstens eine Lachnummer. Dabei hatte er es sich so schön gedacht: drei malerische Hirten, die starr vor Ehrfurcht zusammenzuckten. Der »Vorhang« aus Engeln, die lieblich und mit wohltönender Stimme die Frohe Botschaft verkündeten … Und nun? Er sah das Fiasko schon deutlich vor sich: Die drei phlegmatischen Hirten würden nicht einmal erschrecken, wenn plötzlich ein Tyrannosaurus aus den Kulissen bräche, und der Engelvorhang bestand lediglich aus zwei lispelnden

Mädchen, die auch noch zwei Köpfe Größenunterschied hatten.

Sven schüttelte resigniert den Kopf. »Es bleibt, wie es ist. Aber bitte, gebt euch am Sonntag wenigstens ein bisschen Mühe!«

»Jajajajaja«, grummelten die Viehhüter auf der Bühne und machten, dass sie außer Reichweite des Regisseurs kamen. Sven sah ihnen nach und raufte sich den Bart. Das konnte was geben! Was hatte ihn nur geritten, die Einstudierung des Krippenspiels in der Kirche hier zu übernehmen? Es konnte nur schief gehen! Und die ganze Stadt würde am nächsten Tag über ihn lachen. Sven schlich genauso betreten davon wie seine Darsteller.

Am Sonntag war die Kirche schon zehn Minuten vor Beginn brechend voll – was sonst eher selten vorkam. Erwartungsvolle Kinder drängten sich auf den vorderen Sitzreihen. Stolze Eltern, Omas und Opas hatten sich die besten Plätze gesichert, um ihre schauspielernden Kinder auch richtig sehen zu können.

Und in den Kulissen stand Sven mit dem Textbuch in der Hand und sah aus, als hätte er heftige Zahnschmerzen.

Endlich ging das Spiel los. Der Engelvorhang öffnete sich lispelnd, aber immerhin ohne stecken zu bleiben. Eine Engelmutter rief laut »Bravo« und ein vorwitziger Opa »Zugabe!« – ansonsten ging der Anfang glatt über die Bühne. Sven erlaubte sich ein kleines Aufatmen. Offensichtlich verfolgte das Publikum wohlwollend das Spiel und hatte nicht die Absicht, ihn hinterher am Spieß zu braten. Noch nicht.

Doch, es ging tatsächlich. Davon abgesehen, dass sich der Schnitzer, der auch zur Krippe eilte (es war ein eher volkstümlich geprägtes Krippenspiel), bei den Worten »Vom Holz, das ich im Walde fand, schnitt ich dies Stück in meiner Hand« an den Kopf fasste, lief es bisher reibungslos.

Nun kamen die Hirten. Sven schwitzte und gab dem Lichttechniker ein Zeichen (wobei die einzige Qualifikation des »Technikers« im Anschalten einer 100-Watt-Glühlampe bestand …).

Jetzt! Die Glühlampe leuchtete den Hirten ins Gesicht.

»Licht, so ein Licht!«, machte Hirte Matthias irritiert. »Nee, falsch! Mann, bin ich blöd!«

»Ein Licht, ein Licht, ein großes Licht!«, soufflierte Sven mit Tränen in den Augen.

»Ein Licht, ein Licht, ein großes Licht!«, leierte es von der Bühne. Der Rest ging im Gelächter des Publikums unter. Sven wünschte sich ans Ende der Welt. Noch lieber wäre es ihm gewesen, einer der Engel hätte ihn einfach in eine andere Dimension mitgenommen. Doch natürlich erfüllte sich nichts dergleichen.

Stattdessen ging das Krippenspiel zu Ende, Sven wusste nicht wie. Das Publikum klatschte, die Mütter und Väter platzten vor Stolz. Nur der Regisseur versteckte sich hinter einer Säule und ließ sich endlich von den Nach-Hause-Gehenden in Richtung Tür schieben. Dabei musste er notgedrungen mit anhören, was geredet wurde.

Mathias Jeschke

Der Traum des Leuchtturmwärters

»Licht … – So ein Licht macht uns so schnell keiner nach!«, sagte der Leuchtturmwärter zu seinem Leuchtturm. Er hatte am Morgen des Heiligen Abend die große Lampe ausgeschaltet und legte sich zufrieden in seine Schlafkiste.

Aber dann gab es doch ein Licht, das heller strahlte. Es war das Licht in den Augen seiner Nichte Sally.

Doch alles schön der Reihe nach. Nachdem sich Samuel Hansen, Leuchtturmwärter am selbigen Ort seit fast dreißig

Jahren, um die Mittagszeit wieder aus seinen Decken gewickelt hatte, ging er in die Küche, in der es nach Fisch roch, aber auch nach Maschinenöl und – nach Weihnachtsplätzchen. Er kochte Tee, den nahm er mit nach oben.

Nach einer Weile hörte er Rufe von unten. Er trat hinaus auf den Umgang und konnte sie sehen. Sally, Studentin in den wohlverdienten Weihnachtsferien des dritten Semesters, stiefelte durch den dicken Schnee, unter dem die Kaninchenheide schlummerte, auf den Leuchtturm zu. Die Hände auf das eiserne Geländer gestützt, blickte Samuel Hansen weit über das Meer. Es ging ein weihnachtlicher Wind, der setzte den Wellenkämmen, die aus großer Ferne auf ihn zutrieben, kleine festliche Schneemützen auf. Sally rief: »Onkel Samuel! Frohe Weihnachten!« Er winkte ihr mit seiner Schiffermütze zu und rief: »Hej ho, Sally! Hej ho!«

Nicht lange danach saßen die beiden bei einer großen Kanne Kaffee und den Plätzchen am Küchentisch. Da fragte Sally nach ihrer Post, die sie hierher hatte weitersenden lassen. Sie wirkte ungeduldig bei dieser Frage, fast ein bisschen ängstlich. »Jo, da ist wohl was gekommen für dich«, sagte er und langte in den Brotkasten.

Als sie die Umschläge in der Hand hielt, suchte sie schnell nach einem bestimmten Absender und – fand ihn: »Den hier muss ich leider jetzt ganz sofort lesen«, rief sie und verschwand in ihrer Kammer.

Samuel Hansen blieb verdutzt am Küchentisch sitzen und nahm sich noch von den Weihnachtsplätzchen, die zumindest ihm wirklich gut schmeckten. Hätte er gar nicht gedacht.

Als sie dann den Heiligen Abend mit Heringssalat und Rum feierten, sah Samuel Hansen das Licht, das in den Augen seiner Nichte Sally leuchtete.

Es dauerte nicht lange, und er wusste die ganze Geschichte von vorne bis hinten. Wie Sally ihren Nick kennengelernt hatte und wie wunderbar es mit ihm war, wie sie gereist waren und sich so überaus gut verstanden. Wie dann eben derselbe Nick plötzlich so komisch geworden war. Wie sie, Sally, sich gefragt hatte, ob da eine andere mit im Spiel sei, wobei sie im Übrigen mit zielsicherem Spürsinn ins Schwarze getroffen hatte, und wie Nick schließlich verkündigt hatte, er werde sich jetzt in eine Hütte zurückziehen, um mit sich zu Rate zu gehen, und sie würde dann von ihm hören.

Und nun hatte ihr eben jener Nick einen ellenlangen Brief geschrieben, in dem er ihr alles haarklein erklärte und ihr sagte, dass er sie will und keine andere.

»Er hat mir geschrieben, dass er mich liebt«, erzählte Sally ihrem Onkel mit leiser Stimme, als sei das ein Schatz, der wie ein kleines Kind im Stall ihres Herzens gehütet werden musste.

Als Samuel Hansen am Morgen des ersten Weihnachtstages in die Kiste krabbelte, schlief er sofort ein. Und das war es, was er träumte:

Er stand am Wasser, als ein Boot am Leuchtturmfelsen längsseits ging. Drei Männer kamen von Bord und begrüßten den Leuchtturmwärter mit fast ehrfürchtigen Verbeugungen.

»Moin!«, sagte Samuel Hansen, »womit kann ich behilflich sein?«

Die drei Männer aber sprachen: »Sei gegrüßt! Einen weiten Weg haben wir hinter uns. Und unsere Reise steht unter einem besonderen Stern. Wir suchen die Orte auf, an denen die Liebe im Herzen eines Menschen neu geboren wird – dem zur Ehre, der diese Liebe zuerst im Stall von Bethlehem zur Welt gebracht hat.«

»Jo, dann kommt man rein!«, sagte der Leuchtturmwärter und wachte auf, denn im gleichen Moment kam Sally mit einem deftigen Weihnachtsfrühstück ins Zimmer.

»Is ja großartig!«, rief Samuel Hansen und lachte seine Nichte an.

Tanja Jeschke

Lichtblick

Licht. So ein Licht wie damals in der Nacht auf dem Canachigan See habe ich danach nie mehr gesehen. Meine Vorstellung von dem, was Licht ist oder sein kann, wird seither nicht mehr von Sonne oder Mond bestimmt, auch nicht von dem Licht einer Kerze, einer Straßenlampe oder dem Neonlicht über einem OP-Tisch. Licht, das ist diese Erscheinung im Wasser, in den leicht gekräuselten schwarzen Wellen – im Stockfinstern.

Als Reverend einer kleinen anglikanischen Kirche in Montreal war ich in jenem Winter in der Weihnachtszeit an den Canachigan See gefahren. Freunde hatten mir ihre Holzhütte überlassen, in deren Kamin ich mit selbst gehacktem Holz ein Feuer entfachte. Stundenlang saß ich davor und brütete, über nichts Weltbewegendes. Es war still ringsum, die nächsten Menschen meilenweit entfernt, selten kam einmal ein Wind auf, der in die Wipfel der riesigen Tannen fuhr und die Wolken am Himmel zerriss. Am frühen Nachmittag ging ich an das Ufer des Sees, tippte mit den Schuhen auf die Wasseroberfläche, immer neu fasziniert von dem brettartigen, beweglichen Widerstand, diesem harten Klack, als könnte man darauf gehen wie Jesus.

Es gab dort einen langen Steg, an dessen Ende ein Ruderboot vertäut lag. Die Luft war milde und klar, und ich entschloss mich, die Angel zu nehmen und hinauszurudern. Ein Fisch zum Abendessen, dachte ich zufrieden. Ich kam rasch voran und bog dann um die östlich gelegene Uferkuppe, die weit in den See hineinragte. Zu meiner großen Überraschung entdeckte ich, dass der See hier in einen zweiten, viel größeren überging. Die unübersehbare Fläche verlockte mich, immer weiter hinauszurudern, aber das andere Ufer kam dennoch nicht in Sicht. Schließlich warf ich meine Angel aus, lehnte mich behaglich zurück, störte mich nicht an der feuchten Kälte, die vom Wasser heraufkroch.

Als ich erwachte, war es dunkel. Stunden mussten vergangen sein. Durchgefroren und verwirrt suchte ich den Himmel ab, nach irgendetwas wie Horizont oder Mondschein. Nichts war zu unterscheiden. Die Schwärze, die mir von überall her entgegenschlug, war von einer undurchdringlichen Tiefe, in deren Umklammerung ich sofort geriet. Wie gelähmt saß ich im Boot und merkte erst nach einer Weile, dass Angel und Riemen fort waren. Ich sagte mir gleich, dass die Welt nicht untergehen würde davon, aber es half nichts, denn die Welt war bereits untergegangen.

Anders lässt sich nicht beschreiben, wie es war, in der Dunkelheit einer Winternacht auf einem unbekannten Gewässer riemen- und uferlos zu schwimmen. Alles war verschluckt. Auch ich. Meine Ohren hörten nur die Wasserzungen am Boot lecken. Ich saß und schlug mir immer wieder mit den Armen um die Schultern, um das Blut in Gang zu kriegen. Die Gedanken kurvten um mein Lebensende, die einzige Grenze, die es noch zu geben schien. Ich dachte wohl an meinen Gott, aber dass er je auf dem Wasser gegangen war, kam mir in diesem Augenblick nicht in den Sinn. Selbst eine Morgendämmerung schien mir unwahrscheinlich seltsam, aber die Unendlichkeit der Nacht hatte nichts Zeitliches.

Auf einmal sah ich in etwa einem Meter Entfernung etwas, das sich unterschied. Es unterschied sich, indem es heller war. Es war nicht hell an sich, aber weil es sich unterschied, musste es doch zu tun haben mit etwas, das es heller machte, mit etwas wie Licht. Ich starrte darauf, als würde von dort die Rettung kommen. Ich konnte mir nicht vorstellen, was es war, ich merkte aber, dass ich einen Blick hatte, der sich darauf richten ließ, und in diesem Blick lag mein ganzes Leben, das sich im selben Moment aus der Umklammerung löste und in meinen Körper zurückkehrte.

Als der Morgen kam, erkannte ich, dass es ein Felsen war, der von silbrigem Plankton überzogen hier durch die Wasseroberfläche schimmerte.

Eva Prawitt

Das Fest des Kindes

»Licht … So ein Licht …!«, rief die kleine Frau und breitete ihre Arme aus, die so mager waren wie zwei Äste an einem Winterbaum.

Sie hieß Frau Gondermann, und meine Mutter sagte, dass sie unsere Nachbarin sei. Jedenfalls sagte sie, als sie ihr die Tür öffnete: »Das ist aber nett, liebe Frau Nachbarin.«

Es war schon spät, und meine Mutter war in Eile, weshalb sie Frau Gondermann nicht aufforderte, ihren viel zu großen, schlotterigen Mantel abzulegen. Stattdessen schob sie das zierliche Persönchen vor mich, nannte ihr meinen Namen und ließ uns beide einfach im Flur stehen. Ich fühlte mich ziemlich unbehaglich, denn was sollte ich nun mit Frau Gondermann anfangen? Ich konnte mich nicht erinnern, sie jemals in unserer Straße gesehen zu haben, was entweder daran lag, dass sie nur selten das Haus verließ, oder dass ein Kind wie ich nicht besonders auf Erwachsene achtet, wenn sie in seinem Leben keine Rolle spielen, schon gar nicht, wenn diese Leute alt sind. Und Frau Gondermann schien mindestens so alt zu sein wie der Himmel. Jedenfalls sah sie genauso durchscheinend und irgendwie entrückt aus, gar nicht wie die Erwachsenen, mit denen ich es sonst zu tun hatte. Die waren nämlich alle fürchterlich vernünftig und sehr beschäftigt, was vielleicht an Weihnachten lag.

Es war jedes Jahr dasselbe: Kaum begann die Adventszeit, wurde Mama geschäftig. Dann putzte sie die Wohnung und backte und kochte, schrieb stapelweise Briefe und Karten, packte Päckchen und fuhr mit mir in die Stadt, damit ich mir auf dem Weihnachtsmarkt die Weihnachtsmänner ansehen konnte, die an jeder Ecke die Wünsche der Kinder entgegennahmen. Schließlich weiß jedes Kind, dass Weihnachten das Fest der Geschenke ist. Und ganz sicher bekam ich auch dieses Jahr wieder eine Menge. Jedenfalls hastete mein Vater, während ich mich mit Frau Gondermann im Flur herumdrückte, mit den Armen voller bunter Päckchen an uns vorbei.

Es wurde aber auch höchste Zeit. Immerhin war heute Heiliger Abend, und ich hatte schon so lange gewartet. Vor lauter Spannung hätte ich am liebsten losgeheult. Aber mein Vater versicherte mir, dass es nun nicht mehr lange dauern würde. Und zu der kleinen Frau gewandt fügte er noch rasch hinzu: »Sehr freundlich von Ihnen, dass Sie uns fröhliche Weihnachten wünschen wollen. Aber meine Frau und ich sind noch nicht mit allen Vorbereitungen fertig. Sie werden sicher verstehen …«

»Natürlich«, nickte Frau Gondermann. »Aber wenn es Ihnen nichts ausmacht, erzähle ich dem Kind eine Geschichte. Das verkürzt ihm vielleicht ein bisschen die Wartezeit.«

»Ja, natürlich! Weihnachten … das Fest der Geschichten«, rief mein Vater erleichtert und huschte zu meiner Mutter ins Weihnachtszimmer.

Ich selber durfte immer erst hereinkommen, wenn alle Geschenke unter dem Baum aufgebaut waren, der Plätzchenteller gefüllt, Vater die Musik eingelegt und Mutter die Kerzen am Baum angezündet hatte.

Angespannt bis zur Verzweiflung hatte ich den ganzen Tag vor dem Wohnzimmer herumgelungert, in der Hoffnung, einen raschen Blick auf die Tanne zu werfen, die mein Vater vor zwei Tagen aus dem Wald geholt hatte und die Mutter hoffentlich nicht nur mit Kerzen und Strohsternen schmückte, sondern auch mit den glänzenden Papiergirlanden, die ich im Kindergarten gebastelt hatte. Mir schien, als hätten wir im Kindergarten seit Wochen nichts anderes getan, als mit Schere und Kleber zu hantieren, was ganz und gar nicht meinen Neigungen entsprach. Viel lieber wäre ich draußen im Schnee herumgetobt. Aber da hatte die Erzieherin bloß mit dem Kopf gewackelt und ungläubig gefragt, ob ich denn nicht wüsste, dass bald Weihnachten und Weihnachten die Zeit der Basteleien sei.

Also hatte ich goldene und rote Papierringe zu langen Ketten ineinander gehängt und mir dabei ausgemalt, wie hübsch sie zwischen dem Grün des Tannenbaums aussehen würden. Denn dass zu Weihnachten nicht nur Basteleien, sondern auch ein großer Tannenbaum gehörte, daran erinnerte ich mich noch vom letzten Jahr. Also war Weihnachten wohl auch das Fest der geschmückten Tannenbäume und natürlich das des Lichtes, zumindest das des Kerzenlichts. Denn schon vor mindestens vier Wochen hatte meine Mutter in der ganzen Wohnung Kerzen aufgestellt. Und sobald die Dämmerung durchs Fenster kroch, zündete sie sie an, bis es gemütlich in jedem Winkel schimmerte.

Aber diese Frau, die so überraschend zu uns gekommen war, erzählte mir an diesem Heiligen Abend von einem ganz anderen Licht. Dabei beugte sie sich zu mir herunter, was ihr gar nicht schwer zu fallen schien, weil ihr Rücken sowieso schon so krumm wie ein Kleiderbügel war.

»Stell dir ein Strahlen vor, heller als die Sonne, so, dass du die Augen zusammenkneifen musst. So ein Glitzern und Leuchten muss es gewesen sein, damals in der dunklen Nacht …«

»Aber in der Nacht scheint doch nicht die Sonne«, warf ich ein.

Ich fand das Gerede von dem Licht ziemlich langweilig. Überhaupt war ich gar nicht richtig bei der Sache, weil ich auf die Geräusche hinter der Wohnzimmertür lauschte, das Rascheln und Klappern und wie meine Eltern miteinander wisperten.

»Was sie bloß hier will«, zischte meine Mutter ärgerlich, »wo Weihnachten doch das Fest der Familien ist …«

»Nun sei nicht so«, entgegnete mein Vater. »Schließlich ist Weihnachten auch das Fest der Liebe. Also lass sie …«

Und dann hörte ich nur noch Papiergeraschel und wie mein Vater leise lachte.

Frau Gondermann lachte auch, aber nicht so wie mein Vater, nicht leise, sondern irgendwie ganz und gar lautlos.

»Das war doch gerade das Besondere, dass es mitten in der Nacht geschah, genau als niemand damit rechnete. Plötzlich leuchtete der Himmel, und dann war da diese glänzende Gestalt, so als sei sie direkt aus den Wolken geschwebt.«

Frau Gondermann richtete sich auf und breitete wieder ihre Arme aus. Über ihr Gesicht legte sich ein Schimmer wie von großer Freude, und es sah fast so aus, als sei sie selbst vom Himmel heruntergestiegen, bloß um mir von dieser besonderen Nacht zu erzählen.

»War das ein Engel?«, fragte ich.

»Ja«, hauchte sie ehrfurchtsvoll, denn Engel erscheinen nicht alle Tage auf der Welt, und ich glaube, dass nicht einmal solche wie Frau Gondermann besonders häufig vorkommen. Und mit einem Mal hatte ich das Gefühl, dass das, was sie von dieser Engelsnacht erzählte, weit wichtiger war als das, was sich hinter der verschlossenen Wohnzimmertür abspielte. Natürlich war ich immer noch fürchterlich neugierig. Schließlich war ich damals ein Kind von nicht einmal sechs Jahren und längst nicht so abgeklärt, wie ich es heute oft genug vorgebe zu sein, wo ich nicht nur selbst Kinder, sondern sogar Enkelkinder habe.

»Aber wieso kam der Engel?«, fragte ich.

Frau Gondermann schüttelte verwundert den Kopf.

»Das weißt du nicht? Natürlich, um von der Geburt des Kindes zu berichten. Was glaubst du denn, warum wir sonst Weihnachten feiern?«

Am liebsten wäre ich damit herausgeplatzt, dass wir Weihnachten feiern wegen der Tannenbäume und wegen der Basteleien, wegen der Weihnachtsmänner und der Kerzen und vor allen Dingen wegen der Geschenke. Aber auf einmal war ich mir dessen gar nicht mehr so sicher. Auf einmal wünschte ich mir, dass Frau Gondermann mehr von diesem Kind erzählt. Aber sie lächelte nur wieder lautlos, breitete wie vorhin die Arme aus und streckte ihren krummen Rücken, sodass sie auf einmal bis an die Decke zu reichen schien. Und ihr schlottriger Mantel glitt über ihren Rücken auf den Boden, und aus ihren Schulterblättern entfalteten sich plötzlich zwei flaumige Schwingen, so durchscheinend wie Wolken und so leuchtend wie ihr Gesicht. Und mit einem leisen Rascheln hoben sich ihre Füße vom Boden, und sie verschwand durch die geschlossene Haustür in die dunkle Nacht hinaus.

Genau in diesem Moment öffnete sich die Wohnzimmertür, und ein heller Schein von vielen Kerzen und großer Freude flutete mir entgegen, und mein Vater kam heraus, um mich zu holen.

Wenn da nicht noch der Mantel auf dem Boden gewesen wäre …

»Ist sie schon weg?«, rief mein Vater, »Aber warum hat sie denn ihren Mantel liegen gelassen?«, worauf ich nichts zu erwidern wusste. Oder hätte ich ihm erzählen sollen, was mit der kleinen Frau geschehen war?

Ich habe es nicht getan, denn wer glaubt schon einem kleinen Kind?

Kai-Uwe Woytschak

Schnuffelbär

Oder: Die Liebe bestimmt den Wert

LICHT. SO EIN LICHT hat er doch schon mal gesehen. Neugierig blinzelt er aus dem dick gepolsterten Briefumschlag und entdeckt eine Stehlampe, deren gläserner Schirm diesem Licht eine unverwechselbare Tönung verleiht. Sein kleines Bärenherz fängt heftig an zu schlagen, denn nun ist er sich sicher: Endlich ist er wieder zu Hause!

Eine Menschenhand greift in den Umschlag hinein und zieht den kleinen Schnuffelbären vorsichtig heraus. Fast eine Woche lang ist er in dieser muffigen Behausung unterwegs gewesen. Doch schnell ist diese Zeit vergessen, als ihn Claudia, sein Frauchen, wie einen verlorenen Sohn willkommen heißt. Fast hatte sie schon nicht mehr zu hoffen gewagt, den kleinen Plüschbären jemals wiederzusehen.

Es ist schon lange nach Mitternacht. Claudia schläft in ihrem Bett. Nur ganz leise sind ihre ruhigen tiefen Atemzüge zu hören. Gleich daneben, auf dem Nachtschränkchen, schläft Schnuffelbär und scheint zu träumen. Nur auf dem Fenstersims herrscht seit einigen Minuten Unruhe. Mal ist ein leises Getrappel zu hören, dann ein seltsames Schnauben. Eine Streichholzschachtel, die tagelang hochkant neben einer Adventskerze gestanden hatte, kippt plötzlich um. Während Claudia noch immer den Schlaf der Gerechten schläft, wird Schnuffelbär allmählich munter. Er räkelt sich, steht auf und versucht zu erkennen, was dort drüben auf dem Fenstersims vor sich geht. Ach, natürlich: Knut, ein kleiner schwedischer Elch aus Steingut mit einem echten Wollschal um den Hals, kann mal wieder nicht schlafen und macht seine nächtlichen Sprungübungen. »Allez hopp«, ruft Schnuffelbär, als Knut gerade Anlauf nimmt, um über die Streichholzschachtel zu springen. »Hast du mich erschreckt«, sagt Knut, nachdem er mindestens zehn Zentimeter hinter der Streichholzschachtel auf der Fensterbank gelandet ist. »Wo hast du eigentlich so lange gesteckt? Habe dich schon ewig nicht mehr gesehen.«

»Ich war im Urlaub, gaaanz weit weg!«, antwortet Schnuffelbär und fügt leise hinzu: »Und dann bin ich im Urlaub vergessen worden.«

»Du meinst, Claudia hat dich einfach irgendwo liegen gelassen?«

»Nicht irgendwo, sondern im Ferienhaus, das sie gemietet hatte. Am letzten Tag, während sie zum Frühstücken ging, durfte ich noch ein bisschen auf ihrem Kopfkissen liegen. Doch irgendwann wurde es total still im Haus, und ich hörte, wie sie draußen mit ihrem Auto davonbrauste.«

Knut traut sich nicht weiterzufragen, denn gerade wischt sich Schnuffelbär verstohlen eine Träne aus dem Augenwinkel. Doch schon wenige Sekunden später huscht ein Lächeln über sein kleines plüschiges Bärengesicht. »Aber als Claudia wieder in Deutschland war, hat sie dem Ferienhaus-Besitzer einen Brief geschrieben. Er soll mich suchen und sofort zu ihr nach Hause schicken. Und damit er's auch wirklich tut, hat sie ihm einen großen Geldschein in den Brief gesteckt. Mehr als ich überhaupt wert bin!«

»Mehr als du wert bist?«, Knut schüttelt verwundert den Kopf. »Wer legt das denn fest, wie viel du wert bist?«

Jetzt kann Schnuffelbär kaum noch an sich halten. »Weißt du denn nicht, dass ich eigentlich nur ein Werbegeschenk bin? Mich gab's gratis dazu, wenn man elf ..., also wenn man elf andere Sachen gekauft hat.«

»Elf was?«, fragt Knut, neugierig geworden auf das, was ihm der Bär bisher offenbar verschwiegen hat. Kleinlaut, zögernd, fast schon flüsternd antwortet Schnuffelbär: »Elf superflauschig-weiche Rollen Klopapier!«

Jetzt ist es um Knut geschehen: Er lacht und lacht und prustet immer wieder hervor: »Elf Rollen superweiches Klopapier! Ich glaub's einfach nicht. Und als Gratisbeigabe ein kleiner superweicher Schnuffelbär! Hahahaha.«

Letzterer schaut inzwischen grimmig drein und murmelt: »Hätte ich dir bloß nichts davon erzählt.«

Als Knut sich langsam beruhigt hat, grinst er sein Gegenüber freundlich an und sagt: »Fröhliche Weihnachten, mein lieber Freund!« Und er fügt – mit der Ernsthaftigkeit eines Theologie-Professors – belehrend hinzu: »Weißt du eigentlich, warum die Menschen Weihnachten feiern? Hab ich in dem Laden gehört, in dem Claudia mich gekauft hat: Die feiern Weihnachten, weil Gott seinen Sohn Jesus Christus auf die Erde geschickt hat. Jesus soll die Kluft zwischen Gott und den Menschen überbrücken. Denn die Menschen werden von Gott geliebt und über alle Maßen wert geachtet. Diese Wertschätzung haben sie eigentlich nicht verdient. *Aber weil Gott sie liebt, sind sie so viel wert.* So ähnlich ist das auch mit dir und deinem Frauchen. Das solltest du dir ruhig hinter deine Plüschohren schreiben.«

Kaum hat Knut seinen theologischen Vortrag beendet, da wird Claudia langsam wach. »Endlich ist Weihnachten«, denkt sie und greift schlaftrunken zu ihrem Nachtschränkchen, bis ihre Hand ein flauschiges Etwas ertastet. »Komm her, Schnuffelbär«, murmelt sie leise, »ich habe gerade von dir geträumt.«

Hanno Herzler

Das Licht im Tode

Licht. So ein Licht hatte er bisher nur aus den Beschreibungen anderer gekannt. Aus den Beschreibungen von Menschen, die eine – wie nannte man es? – »Sterbeerfahrung« hatten. War es nun also auch für ihn so weit? Würde er seinen Verwandten und Freunden ausgerechnet jetzt, zu Weihnachten, die Verlegenheit eines Todesfalls »bescheren«? Er schob den Gedanken beiseite; er wollte sich ganz auf das Erlebnis konzentrieren.

Der Maler Hieronymus Bosch musste schon im 16. Jahrhundert eine ähnliche Erfahrung gehabt haben. Oder hatte Bosch nur den Erzählungen anderer gelauscht, so wie er bisher? Jedenfalls hatte Bosch es im Bild festgehalten. Er erinnerte sich, wie er in Venedig im Dogenpalast vor diesem beeindruckenden Gemälde gestanden hatte, vermutlich dem Teil eines ehemaligen Altarflügels: eine Art schwarzer Tunnel, schräg nach oben verlaufend (wenn unsere gewohnten Richtungen wie »oben« und »unten« in dieser schwerelosen Welt überhaupt einen Sinn machten), und an dessen Ende das Licht. Als rötlich vom Licht überflutete Schatten schienen zwei Gestalten am Ausgang des Tunnels zu warten – auf wen?

Auf dem Rest des Bildes sah man Engel, die die Seelen selig Verstorbener aus der Schwärze zu diesem Licht hinbrachten.

Er hatte die Sätze dazu noch genau im Kopf: »Der Flame Hieronymus Bosch war in der Darstellung seltsamer Erscheinungen und schrecklicher und grauenhafter Traumgesichte einzigartig und wahrhaft göttlich.« So hatte ein Kritiker bereits Ende des 16. Jahrhunderts geschrieben; er meinte sich auch erinnern zu können, dass es Lomazzo war.

Ob auf ihn auch jemand wartete am Ausgang des Tunnels – heute?

Gerade noch hatte er oben im Zimmer geschwebt und auf seinen geschundenen Körper hinabgeblickt. Dabei hatte er sich gewundert, dass die Schmerzen, die ihn über Jahre begleitet hatten, so plötzlich vorbei waren. Auch das schreckliche Bewusstsein, nie mehr gesund werden zu können; der Gedanke, dass es von jetzt an immer nur noch bergab mit ihm gehen würde, auch wenn sich Ärzte und Verwandte Mühe gaben, diese Prognose zu verbergen – er musste unwillkürlich lachen über ihre rührend-hilflos-zynischen Versuche, ihn von der Wahrheit abzuschneiden. All das war jetzt vorbei.

Größer noch empfand er das Staunen darüber, dass er vor dem Sterben Angst gehabt hatte. Wie schön und schwerelos fühlte er sich jetzt! Wie dumm war er gewesen, sich Sorgen zu machen! Wie borniert und unnötig belastet hatte er seine Jahre verbracht – »Wir bringen unsere Jahre zu wie ein Geschwätz«, fiel ihm ein. Stand das nicht in Psalm 90?

Nun war es freilich bedeutungslos, wo das stand; er würde kein »drittes theologisches Examen« hinter sich bringen müssen. Wenn er sich nicht irrte, ging er gerade »vom Glauben zum Schauen«.

Oder doch vom Unglauben zum Schauen? Im gerade über ihn hereinbrechenden »Licht der Ewigkeit« begriff er schlagartig, wie wenig er geglaubt hatte. Also, wirklich geglaubt – im Sinne von »fest auf Gott vertrauen, die gewisse Zuversicht haben«, wie Luther es einmal ausgedrückt hatte. Und der törichte Gedanke wallte in ihm auf, dass er den ja nun kennenlernen würde und mit ihm sprechen konnte.

Er hatte bereits Predigten vorbereitet für die Weihnachtsfeiertage – über das helle Licht, das den Hirten erschienen war. Jetzt würde er wohl, statt sie zu halten, das Licht von Weihnachten selbst kennenlernen. Und wieder musste er fast lachen … und es war ungewohnt, dass keine Kehle mehr da war, der sich ein Glucksen entrang.

Wie oft hatte er am Bett Schwerkranker oder Sterbender

gesessen oder hatte Hinterbliebene zu trösten versucht mit Worten der Bibel wie: »Unsere Trübsal, die zeitlich und leicht ist, bringt eine über alle Maßen große Herrlichkeit hervor …« oder: »… die ihr jetzt, wenn es sein muss, eine kleine Zeit leiden müsst …«. Ironie des Schicksals, dass man auch ihn in den letzten Monaten mit diesen Sätzen traktiert hatte, als seien sie billige Sprüche. Dahingesagt. Wie wenig Trost sie ihm so gespendet hatten, wenn er ehrlich war!

Ironie? Nein. Hier gab es nichts wie Ironie. Was es gab, war ehrlich, klar, zum Teil auch tragisch – aber Ironie, Sarkasmus und Zynismus existierten nicht mehr, nicht auf dieser Seite der Wirklichkeit. Und es gab vor allem Licht.

»Heilt mich! Macht mich gesund! Lasst mich noch mal von vorn beginnen, bitte!« Allein die Erfüllung dieser Bitten wäre ihm in den Tagen seiner Krankheit Trost gewesen, sonst nichts. Aber er hatte es sich verkniffen, diese Bitten auszusprechen; zu töricht und lebensfern waren sie ihm erschienen. Und doch waren sie über Monate fast das Einzige gewesen, was er hatte denken können.

Ja, »noch mal von vorn beginnen« – das hatte er sich gewünscht. Je mehr er den Sturm heraufziehen spürte, der sein Lebenslicht zum Verlöschen bringen würde, desto klarer sah er die Tragik all der vertanen Lebenschancen, die er gehabt hatte. Nein, Ironie half hier nicht; die Tragik war echt.

Und dennoch hatte ihn das eine oder andere Mal ein Trost heimgesucht, der nicht in Worten steckte, auch nicht in den ach so vertrauten Worten der Bibel. Diese hatte er sich viel zu oft nur umgehängt wie einen Mantel – oder eher wie einen Panzer?

Er hatte geseufzt über das Amt des Pastors, das er bekleidet hatte; diesem Amt hatte er die Schuld gegeben für seinen vorgegebenen Glauben. Die Erwartungshaltung der Menschen in seiner Gemeinde war schließlich enorm gewesen. Wo und wie hätte er da seinen Zweifeln, seiner Oberflächlichkeit, seinen wahren Herzensregungen Gewicht beimessen oder sie gar äußern können?

Und dann wurde ihm klar, im Licht des Sterbens (oder war es schon das Licht des Lebens?): Das war Heuchelei gewesen.

War das vielleicht seine große Sünde: Heuchelei?

Andere hatten davon berichtet, dass sich im Augenblick des Sterbens der Film ihres Lebens vor ihrem Auge abgespult hatte. Rasend schnell, doch mit allen wesentlichen Details. Hierin unterschied sich seine Erfahrung, sein Sterben von der Mehrzahl der Berichte: Vor ihm lief kein Film. Stattdessen stand vor ihm etwas wie ein schwerer schwarzer Klotz. Wenn er ihm einen Namen hätte geben müssen, wäre es gewesen: »Heuchelei«.

Er hatte sich für tief gläubig gehalten, ganz im Ernst! Aber jetzt sah er alle Stellen, an denen er nicht geglaubt hatte, jedenfalls nicht wirklich, nicht in der Tiefe.

Er begriff: Alles war wahr, was er über Gott und das ewige Leben gelesen hatte – und nicht nur gelesen, sondern auch gelehrt! Und noch mächtiger als zuvor stieg die Klarheit vor ihm auf, dass es hier kein sarkastisches Überspielen, kein Verdrängen, kein Das-Thema-Wechseln gab; nur echte, wahre, große Tragik. »Vergib mir, Herr, dass ich so oft etwas vorgegeben habe, was ich nicht war!«, wollte er beten.

So war es nun also doch da – das »dritte theologische Examen«. Und er spürte, er würde durchfallen.

Dann jedoch eröffnete sich ihm, punktuell nur, winzig klein zunächst und noch nicht scharf zu greifen, ein neuer Gedanke. Oder mehr noch ein Bewusstsein, genauer zunächst nur ein Gefühl aus dem Nirgendwo, dann ein allmähliches Bewusst-Werden. Und das war schöner, besser, klarer und tröstlicher als alles. Es war das Bewusstsein von der Rechtfertigung. Von der Rechtfertigung, die in Jesus Christus geschehen war. Und die galt. »So jemand sündigt, haben wir einen Fürsprecher beim Vater, Jesus Christus, der gerecht ist«, fiel ihm zuerst ein. Und dann das klassische Wort aus Römer 3,23: »Sie sind allzumal Sünder und ermangeln des Ruhmes, den sie bei Gott haben sollten; und werden ohne Verdienst gerecht aus seiner Gnade durch die Erlösung, die durch Christus Jesus geschehen ist.«

Nein, das hob die Tragik der verpassten Lebenschancen, der nicht gewagten Ehrlichkeit, des unausgeübten Vertrauens nicht auf. Aber es gab ihm Hoffnung und Zukunft in der Welt, auf die er jetzt zuging. Und da plötzlich erfüllte ihn eine unglaubliche Vorfreude.

Das beschriebene Gemälde von Hieronymus Bosch gehört zu vier Gemälden – vermutlich Teilflügel eines verschollenen Altars –, die heute im Dogenpalast in Venedig zu sehen sind.

Eine Darstellung davon findet sich z. B. in Roger H. Marijnissen/Peter Ruyffelaere: Hieronymus Bosch. Das vollständige Werk. Mercatorfonds Antwerpen, deutsch Köln 2002, S. 300 und 308 unter dem Titel: »Die Glückseligen und die Verdammten – Flügel eines Jüngsten Gerichts.«

Hanna Ahrens

Ein Lied vom Himmel

Licht. So ein Licht …
nein, das war es nicht,
was das Fest zum Leuchten brachte.
Es war ganz anders, als ich dachte.

Eher still und verborgen,
so wie an dem Morgen,

als Jesus zur Welt kam
und Maria ihn in die Arme nahm.

Der Stall dunkel und kalt,
aber schon sehr bald
war die Kunde
in aller Munde:
Jesus ist da, das Licht der Welt,
der alles in seinen Händen hält.

Kerzen und Lichterkette
leuchten um die Wette.
Sehnsucht nach Wärme und Licht,
nach einem, der zu uns spricht.

Darum all die Lieder,
jedes Jahr wieder:
»Vom hohen Himmel ein leuchtendes Schweigen
– manchmal spielen dazu Geigen –
erfüllt die Herzen mit Seligkeit.«
Bald ist es so weit. – Bald.
Aber das Herz bleibt kalt.
Der Himmel scheint unendlich fern
und wie gern
läg ich in seinen Armen
und spürte sein Erbarmen.

Da kommt ein Lied in meinen Sinn,
der Himmel warf es mir wohl hin –
ein Lied von Glanz und Gloria
und Gott selbst – ganz nah.

»Von Zion bricht an der schöne Glanz Gottes.
Unser Gott kommt und schweigt nicht.« (Psalm 50)

Er hat ein menschliches Gesicht.
Welch ein Versprechen!
Sollte Gott es brechen?

Es sind Worte der Heiligen Nacht
von dem, was das Kind uns gebracht:
Jesus – nun an unserer Seite –
ruft aus der Enge uns ins Weite:
Steh auf und geh!
Dein Ach und Weh
lass zurück.
Vor dir das größere Glück:
Ein Gott, der mit dir geht durchs neue Jahr.
Wunderbar.

WeihnachtsWunsch Geschichten

Manfred Siebald

Einmal Bacchusplatz und zurück

Er konnte an nichts anderes mehr denken. Dass es im Treppenhaus nach Knoblauch roch und dass die Werbungsausträger mal wieder zu faul gewesen waren, die bunte Geschenkreklame ordentlich in die Briefkästen zu stecken – er bemerkte es nicht. Nur die eine Frage beschäftigte ihn: Würde er einen Brief vorfinden? Hatte sie ihm geschrieben? Dieser Wunsch blendete alles andere aus an diesem Heiligen Abend.

Nein, der Briefkasten war leer. Es half auch nichts, dass er die Klappe noch einmal öffnete, um sicher zu gehen. Mit schweren Schritten machte er sich auf den Weg nach oben. Der Knoblauchgeruch kam aus der Wohnung rechts im zweiten Stock. Wahrscheinlich kochte Familie Agostini wieder ihre Spaghetti ›Aglio e Olio‹, zu denen sie ihn neulich einmal eingeladen hatten. Es hatte ungeheuer gut geschmeckt, aber er hatte sich innerhalb dieser vor Leben und Liebe dampfenden Familie als Fremdkörper gefühlt. Sie hatten kein Wort über Marlene gesagt – auch nicht über Jana –, aber unausgesprochen hatte die Frage im Raum gehangen, warum alles so kommen musste.

Grübelnd stieg er weiter in den dritten Stock bis vor seine Wohnungstür. Auch hier keine Nachricht von ihr. Manchmal hinterließ ja der Postbote, wenn er ein Einschreiben brachte und niemanden antraf, eine Karte an der Tür. Aber das war wohl mal wieder ein unrealistischer Wunsch gewesen. Auch zu Weihnachten kein Lebenszeichen vom Kind (trotz ihrer 26 Jahre nannte er sie in Gedanken immer noch Kind). Er schloss die Tür auf und sah mit einem Blick, dass sich nichts geändert hatte, seit er heute Morgen aus dem Haus gegangen war. Der Tannenzweig, den er aus purer Nostalgie an die Lampe im Flur gehängt hatte (Marlene hatte das viele Jahre lang immer am ersten Advent getan), hatte ein paar Nadeln verloren. Das war alles. Er bückte sich und hob sie auf.

Die Uhr zeigte zwei Minuten nach halb vier. Warum musste er immer auf die Uhr über der Wohnungstür schauen, sobald er den Flur betrat? Vielleicht, weil er als Busfahrer so viele Jahre mit dem Gebot von Stunden und Minuten, mit der Pünktlichkeit zum Dienstantritt und mit dem punktgenauen Eintreffen an den Haltestellen hatte leben müssen. Aber jetzt, in seinem vorzeitigen Ruhestand, konnte die Uhr ihm eigentlich egal sein. Auf ihn wartete niemand, und er selbst wartete nur auf die Post.

Vor drei Jahren war Hartmuts Leben durcheinander geraten. Woran hatte es gelegen? Waren es die vielen ermüdenden Jahre gewesen, in denen er Marlene hatte pflegen müssen? Mit Sicherheit hatte ihre Krankheit etwas damit zu tun: erst das Erschrecken über die Diagnose, dann die zahllosen Gespräche mit den Freunden, den Ärzten, den Nachbarn. Dann die Hoffnung, dass die neuen Medikamente anschlagen würden und alles wieder besser werden würde, und schließlich die Aussicht, dass es keine Aussicht gab als ein langes Siechtum. Das große Bild war es aber gar nicht, was ihn mürbe gemacht hatte – es war eher der immer gleiche Anblick ihrer einsamen Augen, die sagten: Du kannst meine Situation ja doch nicht verstehen; der traurigen Augen, die ihn mit ihrer Hoffnungslosigkeit ansteckten; der vorwurfsvollen Augen, wenn er einmal Überstunden hatte machen müssen. Alles das hatte ihm zugesetzt und hatte ihn immer müder gemacht.

Dann war da jeden Morgen diese junge Frau gewesen, die auf seiner Frühstrecke – einmal Bacchusplatz und zurück – an der Haltestelle Fernerstraße in den Bus stieg, als wäre er der Transporter zum großen Glück. Immer hatte sie gelächelt, hatte Lebensfreude ausgestrahlt und hatte ihm das Gefühl gegeben, er sei der Grund für ihr Wohlbefinden. Nach ein paar Wochen schon hatte er auf diesen Blickkontakt gewartet, wenn er sich der Haltestelle näherte. Und nach zwei Monaten war sie ihm so vertraut, dass er auch zu Hause immer an sie denken musste. Besonders wenn Marlene ihn mit ihren matten Augen deprimierte und ihn subtil unter Druck setzte: »Ich muss nachher mal versuchen, aufzustehen und die Blumen auf dem Balkon zu gießen. Du sollst auch einmal ausruhen können.«

Es war an einem Frühlingstag gewesen, an dem der Duft der Lindenblüten entlang der Straße ihm fast den Verstand raubte. 7 Uhr 12 hielt er wieder an der Fernerstraße, und sie stieg ein. Ein lachsfarbenes Kleid hatte sie an, und ihre Schuhe waren aus schwarzem geflochtenem Leder. »Sehen Sie heute wieder gut aus!« Es war ihm einfach so rausgerutscht, aber es schien ihr zu gefallen. »Ja, wenn man jeden Morgen von einem solchen Mann chauffiert wird, macht man sich halt besonders nett zurecht.«

Viel mehr war an diesem Tag nicht passiert, aber im Laufe der nächsten Wochen wurden die ausgetauschten Freundlichkeiten immer vertraulicher, und irgendwann hatte er sich mit ihr auf einen Kaffee nach Dienstschluss und ein paar Tage später zum Abendessen verabredet. Aus dem Abendessen wurde im Lauf der Zeit immer mehr, und aus seiner Zuneigung wurde etwas, was er irgendwann dann Liebe nannte und was ein Außenstehender gut und gern als Hörigkeit bezeichnet hätte. Irgendwann war es dann so weit gewesen: Er war zu Britta gezogen und hatte seine kranke Frau und sein ganzes krankes Leben hinter sich gelassen. Die Szene, die Jana ihm gemacht hatte, war heftig gewesen, und an das letzte Gespräch mit Marlene mochte er gar nicht mehr denken.

Die Liebe zu Britta hatte nicht lange gehalten. Diese Frau war zu anstrengend für ihn, zu positiv und immer voller Pläne. Das hatte zwar aus der Entfernung für einen an das Krankenbett seiner Frau gefesselten Mann sehr verlockend ausgesehen, aber aus der Nähe merkte er, dass er ihrer Energie und ihrer ständig guten Laune nicht gewachsen war. Vor allem ihren Humor hatte er wohl zunächst falsch eingeschätzt. Was sich zuerst wie ein

Feuerwerk geistvoller Scherze angehört hatte, klang im Laufe der Zeit immer hohler und flacher, und wenn er nicht gleich lachte, reagierte sie merkwürdig gereizt. Bald schon sehnte er sich – er glaubte es selber kaum – nach den stillen Abenden an Marlenes Bett.

Doch als er dann bei Britta wieder auszog und nach Hause kam, sah er, was er angerichtet hatte. Seine Frau war nur noch ein Schatten ihrer selbst, und auch ein Laie wie er konnte sehen, dass sie nicht mehr lange leben würde. Sein Auszug hatte ihr anscheinend den letzten Lebensmut geraubt, und als der Kopf sich aufgegeben hatte, folgte der Körper ohne langes Zögern. Ein halbes Jahr später trug er sie zu Grabe. Jana redete nicht mehr mit ihm – nur den einen Satz: »Du hast sie auf dem Gewissen«. Sofort nach der Beerdigung zog sie aus. Wohin, sagte sie nicht, ließ sich auch nicht von ihm beim Umzug helfen – das taten ein paar ihrer Arbeitskollegen. Als sie in den Kleintransporter stieg, sprach sie kein Wort des Abschieds, drehte sich noch nicht einmal um. Zurück blieb er. Und von da an war er allein.

Wie oft hatte er sich gewünscht, er könnte alles ungeschehen machen. Wie oft hatte er den Himmel um Vergebung für das gebeten, was er getan hatte. Doch der Himmel schien nicht zu antworten – genauso wenig wie sein Kind. Auch als er herausbekommen hatte, wo sie wohnte, bekam er keinen Kontakt zu ihr. Seine Anrufe wurden immer von einer Freundin beantwortet, die ihm zu verstehen gab, Jana sei für ihn nicht zu sprechen. So depressiv wurde er im Lauf der Zeit, dass ihn seine Dienststelle schließlich auf Dauer arbeitsunfähig schrieb. Nun saß er zu Hause und hatte alles verloren: Frau, Kind, Arbeit.

Monat für Monat hatte er versucht, mit der verlorenen Tochter Kontakt aufzunehmen, hatte ihr Geld geschickt – vielleicht aus einem gewohnten Gefühl der Fürsorge heraus, aber eigentlich eher als immer neuer Versuch der Wiedergutmachung. Seine Päckchen, seine Briefe waren kleine Bußrituale, die ein großes Unrecht aus der Welt schaffen wollten. Vergeblich. Natürlich war es irrational, Geldscheine in Umschläge zu stecken und zu hoffen, dass er sie damit zu einer Antwort verlocken oder sogar ihre Liebe zurückkaufen konnte. Immer mehr Geld hatte er geschickt – viel mehr, als er sich leisten durfte. Sogar ein Darlehen hatte er aufgenommen, dessen Rückzahlung ihn jetzt als Rentner in ernsthafte Schwierigkeiten brachte. Es war zum Verzweifeln. Sich selbst – so fühlte er – würde er erst vergeben können, wenn sie ihm vergab. Und erst wenn sie ihm vergab, wollte er auch glauben, dass der Himmel ihm vergeben hatte.

Auch heute, am Heiligen Abend, konnte er an nichts anderes denken als an diese übermächtige Sehnsucht nach einem Lebenszeichen, einer kleinen Nachricht. Aus dem Radio plätscherten die alten Weihnachtslieder, die er irgendwann nicht mehr ertragen konnte. Mitten in »Ihr Kinderlein kommet« schaltete er ab. Als er sich gerade das letzte Bier aus dem Kühlschrank holte, klingelte es. Etwas irritiert stellte er die Flasche auf den Küchentisch. Wer wollte ihn jetzt aus seinen Gedanken reißen? Die Agostinis? Mehnhardt, der Nachbar vom selben Stock? Hatte jemand aus dem Haus in seiner Abwesenheit eine Paketsendung angenommen – ein Paket vom Kind? Nein – sicher nicht. Er hatte sich das so oft gewünscht und war so oft enttäuscht worden, dass er sich diesen Gedanken sofort wieder aus dem Kopf schlug.

Keine Maria Agostini stand vor der Tür, kein Carl Mehnhardt. Vor ihm stand Jana – nicht direkt vor ihm, sondern drüben am Treppengeländer. Sie hatte längere Haare als früher, war völlig ungeschminkt, aber gerade deshalb schöner, als er sie in Erinnerung hatte. Jeans und eine knallrote Jacke hatte sie an. In der Hand hielt sie einen dicken braunen Briefumschlag.

»Tag, Papa. Ich wünsch dir frohe Weihnachten. Ich hatte sowieso hier in der Nähe zu tun, und da wollte ich einfach vorbeischauen. Du hast das nicht erwartet, wahrscheinlich, aber ich hatte das Gefühl, ich sollte dich an diesem Fest besuchen. Ist irgendwo blöd gelaufen mit uns in den letzten zwei Jahren. Am Anfang warst du für mich total gestorben. Ich habe eine riesige Wut gehabt, wenn ich darüber nachdachte, was du Mama angetan hast. Kannst du sicher verstehen. Aber jetzt können wir ja vielleicht mal darüber reden, wenn du Zeit hast. In diesem Umschlag sind übrigens die vielen Briefe mit dem Geld, das du mir geschickt hast. Du wirst es nötiger brauchen als ich.«

Einen langen Augenblick lang stand Hartmut wie angenagelt in der Tür. Stumm. Hilflos. Er nahm nicht den Knoblauchgeruch wahr, in den sich inzwischen von irgendwo her der Duft von frisch gebackenen Weihnachtskeksen mischte. Er hörte nicht das Klirren im Stockwerk unter ihm, wo anscheinend ein Teller zu Boden gefallen war und eine sarkastische Stimme »Schöne Bescherung« rief. Er sah nicht die ausgetretenen Schuhe von Mehnhardt vor der gegenüberliegenden Tür und nicht den kleinen grinsenden Weihnachtsmann über dem Klingelknopf. Er sah nur das Kind, sah nur Jana, die da vor ihm stand und auf seine Antwort wartete. Aber er brachte kein Wort heraus, konnte seine Zunge nicht bewegen und auch nicht seine Beine. Erst als sie wieder den Mund öffnete, um etwas zu sagen, überwand er die Starre, ging – immer noch sprachlos – einen ersten zögernden Schritt auf sie zu. Aber schon der war zu viel für ihn.

Das Treppenhaus drehte sich um ihn – erst langsam, dann etwas schneller und schließlich in einem regelrechten Wirbel. Er wollte sich am Türrahmen festhalten, griff ins Leere, wankte nach vorn, stolperte, fiel. Sie machte ein paar schnelle Schritte auf ihn zu, um ihn aufzufangen, aber da landete er schon unsanft in der Mitte des Flures auf den Knien. Als sie nach seinen Schultern griff, um ihn wenigstens festzuhalten, sahen die Hände der Tochter aus wie die Hände eines Vaters auf den Schultern eines Sohnes. Wie in einem Gemälde von Rembrandt.

Christoph Zehendner

Unruhige Weihnachten

Er konnte nichts anderes mehr denken. Bei den Meetings und Telefongesprächen, im Aufzug und beim Blick aus dem Büro stellte er sich immer die gleichen Fragen: Was wird heute Abend in dem Paket sein? Von wem stammt es? Und wie ist es möglich, dass ein erwachsener Mann so auf etwas Gewöhnliches wie ein Paket abfährt?

Dabei hatte er das Paket vor seiner Wohnungstür in der Dunkelheit erst gar nicht bemerkt. Pünktlich am 1. Dezember, als er – den Aktenkoffer unter dem einen Arm, den Korb mit dem Altglas in der Hand – versucht hatte, die Tür hinter sich zu schließen, lag es da.

»Himmel …« wollte er fluchen, als er durch einen großen Gegenstand ins Stolpern geriet und beinahe der Länge nach hingefallen wäre. Doch dann hatte er einen Blick auf das sorgfältig in graues Papier eingewickelte Paket geworfen. Und dabei einen Adressaufkleber mit seinem Namen entdeckt.

Seufzend hatte er die Tür zur Wohnung wieder aufgeschlossen und das Paket mit einem schwungvollen Tritt in den Flur befördert.

Auf der Fahrt ins Büro hatte er dann vergeblich versucht, sich an den Absender zu erinnern.

Der hektische Tag zwischen Akten, Strategiesitzungen und Telefongesprächen hatte ihn immer wieder abgelenkt, aber trotzdem … auf der Arbeit und erst recht auf der Heimfahrt dachte er nur noch an das Paket. Und deutlich schneller als sonst war er die Treppen in den vierten Stock hoch zu seinem Appartement gestürmt, hatte die Tür geöffnet und sich dann mit einer Schere bewaffnet ins Wohnzimmer gesetzt. Als er das Papier abstreifte, fiel ihm eine Karte in die Hand. Eine einfache, weiße Postkarte, beschrieben mit einer krakeligen Handschrift. Ein Kind musste das geschrieben haben, höchsten zehn Jahre alt. Oder ein Erwachsener, der das Schreiben schon fast verlernt hatte.

Er las ungläubig: »Ich wünsche eine überraschende Adventszeit und unruhige Weihnachten!«

Unruhige Weihnachten? Sein fragender Blick streifte über die vielen Päckchen, die er in dem Paket entdeckte. Genau 24 – er hatte einen Adventskalender geschenkt bekommen!

Das erste Päckchen war klein und flach, und als er es auspackte, fand er nur einen Mandelspekulatius darin. Er biss ein Stück ab und schloss die Augen. Ja, so schmeckt der Advent, dachte er. Und fühlte sich zurückversetzt in seine Kindheit, dachte an Vorfreude und Abende im Kerzenschein.

Im zweiten Päckchen steckte eine Schokomandel. Dann – am ersten Adventssonntag – folgte eine rote Kerze. Lauter Dinge, die er sich nie gekauft hätte.

Erst mochte er es sich gar nicht eingestehen, doch dann konnte er es nicht länger verleugnen: Jeden Tag wartete er gespannter darauf, das jeweilige Päckchen aufzureißen und den Inhalt zu erkunden. Schon nach einer Woche waren die in seinem Wohnzimmer verteilten Adventsgeschenke nicht mehr zu übersehen.

Am 12. Dezember erlebte er einen Schock: Im Päckchen erwartete ihn ein goldener Ring. Ein billiges Imitat vermutlich, wertloses Blech, höchstens geeignet für eine Kinderhand. Und doch eine Erinnerung an den Ring, den er zwölf Jahre lang getragen hatte. Als er noch mit Anke …

Anke. Acht Jahre lang hatte er nichts mehr von ihr gehört. Acht Jahre lang keinen Kontakt gesucht. Sie waren ohne Streit auseinander gegangen. Es gab einfach nichts mehr zu sagen. Damals nicht und bis heute nicht.

Beim Auspacken am 13. Dezember erinnerte er sich wieder an Anke. Wie sie es liebte, Geschenke auszupacken: Aufgeregt und doch behutsam löste sie vorsichtig das Klebeband, strich erst das Papier glatt und sah sich dann ihr Präsent ganz genau an.

Jetzt packte er aus und hielt dann Glöckchen in der Hand, Gebäck, Weihnachtsschmuck.

Anke. »Eigentlich hatte ich mir ein Kind von dir gewünscht!«, hatte sie ihm gesagt, als sie nach dem Eingriff nach Hause gekommen war. Tränen hatte sie da schon keine mehr gehabt. Ein Jahr später die Scheidung, sie zog aus auf Nimmerwiedersehen. Dabei hatten sie doch gemeinsam entschieden, dass ein Kind nur stören würde, dass erst einmal die berufliche Basis und die Raten für die Wohnung … War das alles lange her.

Kurz vor Weihnachten war es inzwischen, vier Kerzen standen schon bereit, notdürftig in einem großen Aschenbecher. Auf dem Wohnzimmertisch ein Weihnachtsengel aus Goldpapier, am Fenster Glöckchen, in einer Schale das Gebäck. Nach dem Auspacken hielt er eine kleine Krippe in der Hand. Sie war leer. Wieder wanderten seine Gedanken zu Anke. Als er nach langem Zögern bei ihrer Mutter anrief und sich stammelnd nach Ankes Telefonnummer erkundigen wollte, erschrak er. Anke hat alles hingeschmissen, lebt in einem kleinen Nest auf den Philippinen, hilft dort in einem Heim für Straßenkinder, sagte Ankes Mutter. Nein, die Telefonnummer dürfe sie nicht herausgeben, nicht an ihn.

Typisch Anke! Sein alter Zorn erwachte. Und doch spürte er auch einen leisen Hauch der tiefen Gefühle, die er einmal für sie empfunden hatte.

Am 23. Dezember arbeitete er bis spät in die Nacht, den Kollegen hatte er vorgelogen, er wolle schon Heiligabend los zum Skifahren. Er schlief lange, kochte sich nach dem Aufwachen einen Weihnachtstee – auch der war natürlich in dem Paket gewesen. Und dann wickelte er behutsam das letzte, größte Päckchen aus. Zu seinem Erstaunen enthielt es eine Blockflöte. So eine hatte er vor einer halben Ewigkeit gespielt, als Kind. Wie konnte der geheimnisvolle Schenker das wissen?

Er räusperte sich, setzte die Flöte an die Lippen. Nach einigen missglückten Versuchen spielte er zaghaft eine Melodie. »O du fröhliche«. Klang gar nicht schlecht. »Stille Nacht, heilige Nacht«. Etwas kitschig, amüsierte er sich. »Ich steh an deiner Krippen hier«.

Plötzlich spürte er, wie seine Augen feucht wurden. Tränen rannen über seine Wangen. Er spielte weiter und immer weiter.

Dann stand er auf, zündete die Kerzen an und fasste einen Entschluss. Zwei Stunden später hatte er auf abenteuerlichen Wegen die Telefonnummer des Kinderheims ausfindig gemacht. Als er anrief, konnte er sich erst nicht verständigen. Doch dann war Anke am Apparat. Im Hintergrund hörte er Kinderstimmen, die Weihnachtslieder sangen. »Ich bin's«, stieß er hervor. »Ich wollte dir sagen, dass es mir leid tut und dass ich dir fröhliche ...«.

Anke unterbrach ihn, sie war vollkommen überrascht. »Ähm ... ruf bitte in einer Stunde noch mal an. Dann sind die Großen im Bett. Dann habe ich Zeit«, brachte sie mühsam hervor.

Er rief noch einmal an. Und erzählte von seinem Adventskalender. Und von den Weihnachtsliedern, die er auf der Blockflöte gespielt hatte. Und von dem Kind, das Anke und er ... Er sagte ihr all das, was er eigentlich immer schon hatte sagen wollen. Und hörte sich all das an, was sie ihm schon so lange sagen wollte.

Am Ende hatte er das längste Telefongespräch seines Lebens geführt. Das teuerste. Das wichtigste.

Die Kerzen waren längst heruntergebrannt. Erleichtert fühlte er sich, zufrieden und irgendwie fröhlich. Wie wäre es, wenn ich im nächsten Jahr an Weihnachten zu Anke fliegen würde, um in ihrem Heim mitzuhelfen? Die Flöte könnte ich ja mitbringen, überlegte er.

Er spürte: Auch im nächsten Jahr würden es wieder ziemlich unruhige Weihnachten werden. Und wie ein Kind freute er sich drauf.

Karin Stoletzky

Inas größtes Geschenk

Ina konnte an nichts anderes mehr denken. Noch vier Tage bis Heiligabend, und sie hatte kaum etwas vorbereitet! Da half nur noch ein Stoßgebet: »Hilf uns, bitte Herr!« Aber gleich darauf kam Ina dieses Gebet schon komisch vor: Die kleine Wohnung war liebevoll mit vielen kleinen Dingen geschmückt, die sie mit den Kindern zusammen gebastelt hatte. Es duftete nach Tannenzweigen und selbst gebackenen Plätzchen. Eigentlich hatten sie doch alles, was sie brauchten!

Ihr Mann und sie hatten vereinbart, sich in diesem Jahr nichts zu schenken. Und für die drei Kinder hatte sie ein paar heruntergesetzte Kleinigkeiten besorgen können. Weihnachten mit Hartz IV– das war schon anders als die Weihnachtsfeste davor! Sven verbarrikadierte sich seit Tagen im Keller, kam nur zum Schlafen hoch, und sein Gesicht war verschlossen und blass. Der Keller war sein Fluchtort, dorthin rettete er sich, wenn er mit der Situation nicht mehr klar kam. Ina wusste, wie sehr er sich dafür schämte, so weit »abgerutscht« zu sein, dass er seiner Familie »nichts bieten« konnte, aber sie wusste nicht, wie sie ihn trösten sollte. Er verschloss sich so sehr vor ihr! Wenn im Radio oder im Fernsehen wieder mal von den »Sozialschmarotzern« gesprochen wurde, die sich auf Kosten der Solidargemeinschaft ein »schönes Leben« machten, schaltete er aus oder verließ das Zimmer und vergrub sich in seinem Bastelkeller. Und so blieben sie beide mit ihren Sorgen allein.

Sven hatte immer gearbeitet, aber nachdem er seine letzte Stelle verlor, hatte er einfach nichts Neues finden können, trotz endloser Bewerbungen. Und irgendwann hatte er wohl aufgegeben: Er bewarb sich zwar noch, wann immer das Arbeitsamt einen Vorschlag hatte, aber seine Initiative und sein Mut schienen zerbrochen zu sein. Auch in die Kirche ging er nicht mehr gern mit. »All die Heile-Welt-Familien … zu denen gehören wir eben nicht mehr!«, hatte er eines Tages bitter gesagt, nachdem er im Vorbeigehen die dumme, kränkende Bemerkung »Jeder, der Arbeit will, findet auch einen Job!« eines anderen Kirchgängers gehört hatte. Klar hatte er Jobs gefunden: Ein-Euro-Jobs, Aushilfsjobs, Putzjobs …

Noch vier Tage! Ina hatte etwas Geld zurückgelegt, das würde entweder für ein gutes, traditionelles Weihnachtsessen und Süßigkeiten für die Kinder reichen oder für ein paar zusätzliche Geschenke. Es war doch noch so viel nötig! Wenn das Geld knapp ist, verschiebt man viele Anschaffungen. Henrik brauchte dringend einen neuen Schulranzen, aber die waren teuer! Und dann die ganzen Dinge, die heranwachsende Kinder eben nötig haben: neue Kleidung, Schuhe, Jacken … Zum Glück gab es ja noch die Großeltern.

Ina konnte sich darauf verlassen, dass ihre Mutter den Kindern »etwas Vernünftiges zum Anziehen« kaufen würde und Svens Mutter vielleicht etwas Spielzeug. Trotzdem, Ina hätte ihren Kindern sehr gern einmal wieder ein paar Wünsche erfüllt. Jan und Janine wünschten sich zum Beispiel schon lange so sehr einen gemeinsamen Computer. In ihrer Klasse waren sie die Einzigen ohne so ein Gerät. Aber wie sollte das gehen? Sie hörte auch schon die Nachbarin meckern: »Kaum Geld für die Miete und dem Staat auf der Tasche liegen, aber die Herren Söhne bekommen einen Computer!« Klar, es ging nicht, aber wenn sie mit ansehen musste, wie sehr ihre Kids sich solche Dinger wünschten … Plötzlich musste Ina lächeln. »Das Problem kannte Maria wohl auch schon!«, dachte sie und fand das irgendwie tröstlich.

»Ich weiß, es geht nicht um Geschenke für uns, sondern um dich, Geburtstagskind! Ich schenke dir jetzt mal all meine Sorgen und will versuchen, deinen Geburtstag trotz allem froh zu begehen!«

Sven strahlte wie ein Honigkuchenpferd und stöpselte hingebungsvoll an dem alten Kasten herum. Sein Freund und Nachbar Dennis hatte ihm das Gerät gerade mitgebracht: »Hier, bei uns im Betrieb werden die Computer ausgetauscht und wir können die alten Modelle für ein paar Euro kaufen. Ich habe dir einen mitgebracht, sogar mit Monitor, Kabel, Software und allem, hat mich nur vierzig Euro gekostet. Den vermach ich dir, weil du mir im letzten Monat so sehr beim Renovieren geholfen hast und weil ich mich sowieso immer auf dich verlassen kann. Ist das ein Deal?«

Klar war es das! Sven war glücklich, und die beiden fingen gleich damit an, den Computer aufzubauen und auszuprobieren.

»Wenn die Kids mitbekommen, was sie diesmal zu Weihnachten bekommen – die werden alle staunen!«, murmelte Sven und kam sich endlich einmal wieder nicht ganz so nutzlos vor. Und vielleicht wäre das Teil auch ganz gut, um wieder neu anzufangen, Bewerbungen zu schreiben?

Ina stieg aus der Straßenbahn. Zum Glück war es jetzt nicht mehr weit bis zum Diakonieladen. Irgendwie folgte sie einem Impuls, dort noch einmal hinzugehen, warum auch immer. Drinnen herrschte ein dichtes Gedränge. Viele Leute stöberten in den gebrauchten und neuen Sachen herum, die hier für wenig Geld zu haben waren. Gebrauchte, aber gut erhaltene Kleidung, Schuhe, Bettwäsche, Elektrokleingeräte – aber auch neue Sachen, manche von Geschäftsaufgaben, manchmal »Mode vom Vorjahr« als Spende. Und da waren sie: funkelnagelneue, schöne, farbenfrohe Schultaschen für zehn Euro!

»Du bist ein Schatz!«, dachte Ina noch schnell und zwinkerte dem Geburtstagskind in Gedanken zu, als sie mit der Tasche im Arm an der Kasse stand. »Und ich sag dir was: Egal wie das neue Jahr wird – du bist und bleibst mein größtes Geschenk!«

Katrin Schäder

Kleine Münze – große Wirkung

Er konnte nichts anderes mehr denken – dieses unglaubliche Ansinnen! Ihm! Dem besten Nachbarn von allen. Was konnte er denn dafür, dass er so wenig Gelegenheit dazu bekam! Da waren schließlich diese unausstehlichen Leute mit dem Köter von links unten, die Alte auf der anderen Seite, die genauso aussah und redete wie ihr Papagei …

Und da hatte doch tatsächlich Hannelore, seine langjährige Ehegattin, den Nerv, ihm sozusagen die Pistole auf die Brust zu setzen. Sie wünsche sich, so sagte sie ihm vorhin, nichts zu Weihnachten. Nichts. Gar nichts. Diese merkwürdigen Blusen, die sie ohne Ausnahme umtauschen müsse und die Parfüms, mit denen sie röche wie ein nasser Pudel, solle er sich an den Hut stecken (eigentlich hatte sie noch einen dramatischeren Ort gewählt, an dem er seine Herzensgeschenke lassen sollte). Stattdessen wünschte sich Hannelore etwas völlig Abstruses: Er solle einmal freundlich zu dem jungen Ehepaar sein, das vor zwei Wochen nebenan eingezogen sei. Er! Die Freundlichkeit in Person!

Und dann erzählte sie noch etwas von »Friede auf Erden« und diesem Jesus, der angeblich alle Menschen liebte und deshalb als Kind auf die Erde kam. Kopfschüttelnd zog er seinen Mantel an. Eine nette Musik-CD aus dem Elektronik-Großmarkt um die Ecke würde seine bessere Ehehälfte hoffentlich wieder vernünftig stimmen.

Zur gleichen Zeit schüttelte auch Birgit in der Wohnung gegenüber den Kopf: »Und der Moser hat wirklich verlangt, dass die Kisten vor der Kellertür noch diese Woche verschwinden? Denkt der Mann, wir würden jeden Tag vor Langeweile in der Nase bohren?«

»Ach, ärgere dich doch nicht über diesen Kerl. Man kann

nicht nur nette Leute im Haus haben!« Henning legte seine Hand beruhigend auf die seiner Frau. »Die Dame mit dem originellen Vogel von unten, die ist doch echt knuffig, oder? Und die Pflügers mit dem Hund – die haben uns übrigens für Neujahr zum Essen eingeladen!«

»Trotzdem!« Birgit sah niedergeschlagen aus. »Ich wünsche mir halt freundliche Nachbarn.«

»Und ich wünsche dem Kerl von nebenan mindestens zehntausend Ameisen im Bett!« Henning grinste.

Birgit gab sich einen Ruck. »Na, egal. Ich gehe jetzt den sensationell günstigen Drucker besorgen. Unserer gibt den Geist auf. Das Geld hab' ich schon abgezählt dabei, aus dem Sparschwein. Neunundneunzig Euro, neunundneunzig.«

Und eine halbe Stunde später stand sie an der Kasse, den günstigen Drucker unter dem Arm. »… sechsundneunzig, siebenundneunzig …«

Der ältere Herr hinter ihr trommelte ungeduldig mit den Fingern auf dem Laufband. Die Kassiererin zählte. »Achtundneunzig.«

Pause.

»Achtundneunzig!« Nun klang es schon etwas bedrohlich.

Birgit sah irritiert in ihr Portemonnaie. Da gähnte ein Abgrund. Kein Cent, nichts.

»Achtundneunzig. Ein Cent fehlt. Haben Sie den? Oder nicht? Oder was?« Nun guckte die Kassiererin eindeutig giftig.

»Nein.« Birgit schluckte.

»Dann kann ich Ihnen nicht helfen!« Der Drucker wanderte hinter die Kasse, die Schlange rückte nach. Birgit stand wie versteinert abseits.

»Äh«, machte es da neben Birgit. »Kann ich Ihnen helfen? Ein Cent ist ja nun wirklich nicht die Welt.« Und damit legte der Herr mit den zehntausend avisierten Ameisen im Bett den fehlenden Cent auf den Kassenteller.

»Ich«, er schluckte.

»Ja?« Birgit sah Herrn Moser erwartungsvoll an.

Er versuchte zu lächeln. Es sah etwas unsicher aus, da ihm wohl die Übung fehlte. »Ich wünsche Ihnen«, er holte tief Luft, »ein gutes neues Jahr. Und frohes Fest!«

»Ebenfalls!« Und hätte Birgit nicht von der Kassiererin den Karton unter den Arm geschoben bekommen, stünde sie wohl jetzt noch dort.

Birthe zur Nieden

Wolkenblau

Sie konnte nichts anderes mehr denken. Das war deutlich zu sehen: Der weihnachtliche Spielwarenkatalog, den Karin erst vor einer Woche mitgebracht hatte, war schon ganz zerlesen, so oft hatte Marie eine bestimmte Seite angeschaut. Ausgerechnet diese pastellfarbenen Plüscheinhörner hatten es ihr angetan. Oder, nein, nicht alle, nur das eine, das hellblaue. Es hatte sogar schon einen Namen bekommen.

»Mama, ich wünsch mir Wolkenblau sooo doll!«, tönte es Karin vom Hochbett entgegen, als sie zum Gutenachtsagen ins Zimmer kam. Sie trat ans Bett heran und nahm ihrer Tochter den Katalog vom Kopfkissen.

»Deswegen musst du noch nicht drauf schlafen, oder?«, fragte sie und drückte Marie einen Kuss auf die Stirn.

»Wolkenblau ist so wunderschön!«, seufzte Marie. »Wann ist denn endlich Weihnachten?«

»Noch anderthalb Wochen. Gar nicht mehr lang. Aber vielleicht bekommst du zu Weihnachten ja auch was viel Schöneres als das Einhorn, wer weiß?«

»Was Schöneres gibt's gar nicht!«, erklärte Marie im Brustton der Überzeugung. Karin lächelte und dachte mit etwas Widerwillen an das kitschige Tier, das längst in seinem Versteck in ihrem Kleiderschrank auf Weihnachten wartete.

Marie zog die Stirn in Falten. »Vielleicht ... gibt's ja doch was Schöneres. Das Jesuskind war bestimmt schöner, oder, Mama?«

»Hm, schöner ... vielleicht.«, überlegte Karin. »Aber eigentlich war es ja auch ein ganz gewöhnliches Kind. Das Schöne ist, dass Jesus gekommen ist, weil er uns so lieb hat. Nicht, wie er aussah. Eigentlich ist Jesus das schönste Geschenk, das wir an Weihnachten kriegen.«

Marie war wieder einen Moment still, aber Karin sah, wie es in ihr arbeitete, darum wartete sie.

Schließlich war der Gedanke fertig zusammengeballt und kullerte aus Maries Mund: »Haben die Hirten sich das Jesuskind gewünscht? Ganz doll? Und dann hat Gott es ihnen geschenkt?«

Karin musste diese Wendung erstmal selbst zu fassen bekommen.

»Ja, tatsächlich, da hast du recht, so ähnlich war das damals«, sagte sie schließlich langsam. »Die Menschen in Israel haben sich gewünscht, dass Gott kommt und ihnen hilft, weil es ihnen so schlecht ging. Und an Weihnachten ist er tatsächlich gekommen. Aber die meisten haben das gar nicht verstanden, weil er so anders war, als sie sich das gedacht hatten. So klein und gar nicht besonders schön.«

»Ich wünsche mir Wolkenblau, und der ist schön.«, murmelte Marie, der die Augenlider langsam schwer wurden, »Aber Jesus wünsche ich mir auch.« Damit schlief sie ein.

Karin zog noch einmal die Bettdecke zurecht, knipste die kleine Mondlampe aus und schlich sich dann aus dem Zimmer. Sehr nachdenklich.

Eigentlich, dachte sie, müsste man das auch. Sich Jesus wünschen. Wenn sie morgens ihre Bibel las, war das oft nur Routine. Vielleicht fehlte ihr der Wunsch, Jesus zu begegnen …? So ein starker Wunsch wie der von Marie nach »ihrem« Einhorn. Eigentlich müsste die Bibel so zerlesen sein wie der Spielwarenkatalog, denn darin fand man schließlich etwas, das viel schöner war als alle Wünsche. Darin fand man das Kind in der Krippe, das später für alle Menschen sein Leben gab. Den Retter der Welt.

Karin ging ins Schlafzimmer, öffnete den Kleiderschrank und schaute das Einhorn an. Kitschig war es, zweifellos. Aber das störte sie gar nicht mehr so sehr. Wenn sie das Kuscheltier sehen würde, würde sie sich künftig an den größten Weihnachtswunsch erinnern – und an seine Erfüllung.

»Na, Wolkenblau«, sagte sie leise und streichelte über die weiche blaue Mähne, »freust du dich schon auf Weihnachten, wenn du Maries Wunsch erfüllst? Ich mich schon.«

Hanna Ahrens

Weißbrot und Honig

Sie konnte nichts anderes mehr denken. Seit sie die Weihnachtskrippe wieder ausgepackt hatte und ihr dabei das alte kaschubische Weihnachtslied in die Hände gefallen war, summte und sang sie es vor sich hin. Ihre Vorfahren, die aus Danzig kamen, hatten es mit ihr als Kind gesungen: die Großmutter und die Mutter dann, als sie nach der Flucht in Hamburg eine Bleibe gefunden hatten. Es gehörte zu ihrem Leben:

»Wärst du, Kindchen, im Kaschubenlande,
Wärst du, Kindchen, doch bei uns geboren!

Sieh, du hättest nicht auf Heu gelegen,
Wärst auf Daunen weich gebettet worden …«

Es ging ihr durchs Herz, war Sehnsucht und Schmerz und der große Wunsch: Wärst du doch da, wo ich bin, wo ich dir nahe sein kann, dann …

»… hätte ich dich bewacht,
Mit dir geweint und gelacht.
Honig und Grütze,
Schuhe und Mütze:
Alles hätte ich dir gegeben,
Mein ganzes Leben!«

Aber nun war es anders gekommen.
Er hatte nichts Gutes von ihr genommen.

»Dicht am Ofen stünde warm dein Bettchen …« Das konnte sie jetzt nur singen.

Das Christkind kannte ihren großen Wunsch und erfüllte ihn – ganz anders, als sie dachte.

Es war der 24. Dezember. Kein Schnee wie früher in Ostpreußen. Keine Pferdeschlitten – Regen und kalter Wind. Autos, die an ihrer Parterrewohnung vorbeirasten. Sie hatte sich an den Verkehrslärm gewöhnt, an die vielen Menschen auch.

Dann klingelte es an ihrer Tür. Heute, an Heiligabend. Sollte sie öffnen?

Zögernd machte sie die Tür auf, einen Spalt breit.

Da stand vor ihr eine Frau, ganz durchnässt, das Kopftuch tief ins Gesicht gezogen. »Entschuldigen Sie … wir kennen uns nicht. Aber mir ist so kalt. Darf ich einen Augenblick reinkommen? Es ist doch Weihnachten …«

Die alte Frau Pommereit wusste nicht recht, was sie tun sollte – es passierte so viel! Und wieso kam diese Frau gerade zu ihr? Es gab doch die Heilsarmee und Obdachlosenunterkünfte … Und während sie noch zögerte, war es, als ob ein anderer die Tür weiter öffnete und die Frau eintreten ließ.

Mit einer Freundlichkeit, die sie von ihrer Großmutter und

Mutter her in sich trug, bat sie die Fremde herein: »Nun ziehen Sie erstmal den nassen Mantel aus und setzen sich an die Heizung. Sie sind ja ganz kalt. Ich mache uns einen heißen Milchkaffee.«

So saßen die beiden Frauen da am Küchentisch und später im Wohnzimmer. Die Fremde redete und erzählte. Frau Pommereit hörte zu. Sie aßen zusammen. Und dann bot sie der Frau an, bei ihr zu übernachten.

Sie hatten die Kerzen am Baum angezündet. Unter dem Baum stand die Krippe. Gesungen haben sie nicht. Danach war ihnen nicht zumute. Aber Weihnachten war es doch – auch ohne viele Geschenke. Denn Frau Pommereits großer Wunsch, Christus etwas Gutes tun zu können, hatte sich erfüllt: Er war zu ihr gekommen und hatte sich etwas schenken lassen: eine warme Stube, einen Menschen, der zuhörte. Und Weißbrot mit Honig gab es auch. Sogar Socken und trockene Schuhe.

Als die alte Frau Pommereit dann schon am Einschlafen war, schien es, als ob das Kind in der Krippe ihr sagte: »Was du ihr getan hast, das hast du mir getan.«

Am Morgen beim Aufwachen lag noch ein Lächeln um ihren Mund.

Wärst du, Kindchen, im Kaschubenlande,
Wärst du, Kindchen, doch bei uns geboren!
Sieh, du hättest nicht auf Heu gelegen,
Wärst auf Daunen weich gebettet worden.

Nimmer wärst du in den Stall gekommen,
Dicht am Ofen stünde warm dein Bettchen,
Der Herr Pfarrer käme selbst gelaufen,
Dich und deine Mutter zu verehren.

Kindchen, wie wir dich gekleidet hätten!
Müsstest eine Schaffellmütze tragen,

Blauen Mantel von Kaschubischem Tuche,
Pelzgefüttert und mit Bänderschleifen.

Hätten dir den eignen Gurt gegeben,
Rote Schuhchen für die kleinen Füße,
Fest und blank mit Nägelchen beschlagen!
Kindchen, wie wir dich gekleidet hätten!

Kindchen, wie wir dich gefüttert hätten!
Früh am Morgen weißes Brot mit Honig,
Frische Butter, wunderweiches Schmorfleisch,
Mittags Gerstengrütze, gelbe Tunke.

Gänsefleisch und Kuttelfleck mit Ingwer,
Fette Wurst und goldnen Eierkuchen,
Krug um Krug das starke Bier aus Putzig!
Kindchen, wie wir dich gefüttert hätten!

Und wie wir das Herz dir schenken wollten!
Sieh, wir wären alle fromm geworden,
Alle Knie würden sich dir beugen,
Alle Füße Himmelswege gehen.

Niemals würde eine Scheune brennen,
Sonntags nie ein trunkner Schädel bluten, -
Wärst Du, Kindchen, im Kaschubenlande,
Wärst du, Kindchen, doch bei uns geboren!

Werner Bergengruen

Mathias Jeschke

Das Geschenk

Ich kann an nichts anderes mehr denken ... alle meine eigenen Wünsche – und das sind nicht wenige – sind mir inzwischen völlig egal.

Natürlich! Natürlich hätte ich gern diesen wunderbaren, neuen Mini-Akku-Schrauber, nach dem ich jedes Mal, wenn ich in der letzten Zeit im Baumarkt war, sehnsüchtig geschielt habe. Oder der jüngst erschienene Band der Werkausgabe meines Leib- und Magenautors – wie will ich ohne den eigentlich weiterleben? Die wunderbaren Wanderstiefel, die seit kurzem im Schaufenster des Schuhladens gegenüber stehen – wie herrlich wäre es, in ihnen meine Lieblingswanderwege völlig neu kennenzulernen, zu erspüren. Nicht zu vergessen die Espressomaschine, die ich neulich in einer Auslage entdeckt habe, supergünstig, so ein Angebot kommt bestimmt nicht noch einmal wieder! Und ganz zu schweigen von diesem phänomenal preiswerten DVD-Recorder, mit dem endlich diese leidliche VHS-Quälerei ein Ende hätte; auf diesen sensationellen Preisverfall habe ich doch eigentlich die ganze Zeit gewartet.

Ich trabe hier die Hauptstraße entlang, und meine Schläfen, meine Schritte, mein Atem, alles pulsiert nur noch in diesem einen Rhythmus: Ich habe es vergessen, ich habe es vergessen, ich habe es vergessen ...

Eigentlich weiß ja keiner so gut wie ich selbst, was mir gefällt. Wie kann ich erwarten, dass mir die Menschen um mich herum – Frau und Freunde, Eltern und so weiter – genau diese speziellen Wünsche genau von meiner Nase oder von was auch immer ablesen. Natürlich gibt es immer wieder diese Überraschungen: Mein Vater schenkt mir plötzlich ein Buch, von dem ich überhaupt nichts geahnt hatte und das mich gerade deshalb überwältigt. Ich habe mich damals getroffen gefühlt, gesehen. Er hatte gewusst, was mir gefällt, ohne dass ich selbst es wusste.

Oder meine Frau, wie oft habe ich mich schon über ihre Geschenke gefreut, weil ich mich erkannt gefühlt habe, ertappt, weil sie ein wunderbarer Ausdruck waren ihrer Beziehung zu mir, ein Zeichen.

Und ich? Vergessen, vergessen, vergessen ...

Die Leute um mich rum werden schon allmählich gemütlicher in ihren Bewegungen. Die weihnachtliche Raserei scheint einer allgemeinen Schlenderei zu weichen. Die haben wohl schon alles beisammen! So langsam wird es schwierig, durch diesen von großem Wohlgefallen erfüllten Pulk hindurchzukommen!

Wie oft habe ich mir schon Gedanken gemacht über die Vorzüge von Notizbüchern, in die man gleich alles einträgt, was man um Himmels willen nicht vergessen darf!

Ich weiß, sie hatte sich etwas gewünscht. Sie hatte sich etwas gewünscht! Aber was?

Ich wünschte, mein Gedächtnis wäre nicht so unzuverlässig! Teetasse, Handtasche, Parfümfläschchen, Kostümtäschchen, Pipapo, Portemonnaie, Wertvolles fürs Dekolleté, hm, hm, hm, was war es bloß?!

Ich könnte auch sagen: Weißt du, Schatz, du hast dir zwar etwas ganz Bestimmtes gewünscht, ich weiß, ich weiß, aber als ich dies hier sah, da konnte ich einfach nicht widerstehen, weil ich wusste, dies hier, das haut dem Fass den Boden, der Krone den, na was, egal, das haut dich um!

Aber so ein Geschenk, das müsste dann wirklich der absolute Knüller sein, so ein richtiger Knaller, das müsste, das müsste – vor allem teuer sein ... Also nicht!

Also muss ich mich doch erinnern an ihren Wunsch.

Wunsch, Wunsch, komm herbei!

Ich renne hier auf dieser Einkaufsmeile am letzten verkaufsoffenen Tag, morgen ist Heiligabend: Wir unter dem Baum, traute Zweisamkeit. Ihr Geschenk für mich. Mein, mein – Gedächtnis!

Genau. Das war's. Ha! Jetzt weiß ich's wieder! Ich soll nicht immer alles so schnell wieder vergessen, worum sie mich einmal gebeten hat.

Gut, dass es mir wieder eingefallen ist! Ist das ein Geschenk? Zu Weihnachten? Na, wunderbar, dass es mir wieder eingefallen ist. Und am Besten, ich suche ihr jetzt noch etwas richtig Schönes dazu!

Kai-Uwe Woytschak

Der Türke und der Urwalddoktor

Er konnte nichts anderes mehr denken: Diese blöden Differenzialgleichungen würden ihm noch das Abitur vermasseln und damit womöglich auch seinen Berufswunsch! Christian hatte große Pläne für seine Zukunft. Nach dem Abitur wollte er Medizin studieren und – eher ungewöhnlich – als Arzt in die christliche Mission gehen. Ein Praktikum in den Sommerferien auf einer Krankenstation in der Nähe von Kinshasa hatte ihm die letzte Gewissheit gegeben, dass dieser Beruf seine Berufung sei.

Doch jetzt musste er sich erst mal aufs Abitur konzentrieren. Der Termin für die schriftlichen Prüfungen rückte allmählich näher. Christian hatte sich in den Kopf gesetzt, in den Weihnachtsferien Mathe zu büffeln. Am besten zusammen mit jemandem aus seinem Kurs. In Gedanken hatte er schon ausgesiebt, wer überhaupt dafür in Frage kam. Lola war ein echtes Ass in Mathe und eigentlich auch sehr hilfsbereit. Doch Christian hatte Bedenken, dass sie für sein Niveau zu gut sein könnte. Von seinem Kumpel Kevin bekam er eine glatte Absage. Kam eigentlich nur noch Murat in Frage, »der Türke«, wie ihn alle nannten. Ein Kerl mit einem Kreuz, breit wie ein Kleiderschrank, zu dem die meisten Schulkameraden respektvoll Distanz hielten. Auch Christian. Trotzdem sprach er ihn an und war überrascht, als Murat ihn spontan zu sich nach Hause einlud, um noch am gleichen Nachmittag mit dem Büffeln zu beginnen.

Das gemeinsame Lernen erwies sich als äußerst nützlich für die beiden. »Hätten wir schon längst ausprobieren sollen«, meinte Murat, als er zwei Tage vor Weihnachten bei Christian zu Besuch war. »Was liest du da eigentlich«, fragte er und zeigte auf ein Buch über Albert Schweitzer, das er schon vor einigen Tagen auf Christians Nachtschränkchen entdeckt hatte. Sogleich fing Christian zu schwärmen an – von dem berühmten Urwalddoktor und von seinem eigenen Wunsch, eines Tages irgendwo in der Dritten Welt als Arzt zu arbeiten. Begeistert erzählte er auch von seinem Praktikum in Afrika. Dass er seinen Berufswunsch zugleich auch als Berufung verstand, darüber schwieg er jedoch lieber. Denn wie würde Murat darauf reagieren? Christian hatte Angst davor, seinen neuen Freund zu verlieren.

»Hier, für dich!«, riss Murat seinen Kumpel aus dessen Gedanken und drückte ihm grinsend ein Päckchen in die Hand. »Und frohe Weihnachten!«

»Danke. Auch dir schöne ... schöne Feiertage«, stotterte Christian unsicher, weil er in diesem Moment einfach nicht wusste, was man einem in Deutschland geborenen Türken kurz vor dem Christfest wünschen sollte.

Nur mit Mühe konnte sich Christian beherrschen, das Päckchen nicht schon vor dem Weihnachtsfest zu öffnen. Doch schließlich fand es sogar noch seinen Weg unter den Weihnachtsbaum. Dort packte er es am Heiligen Abend unter den Blicken seiner Eltern und Geschwister endlich aus. Die Überraschung war perfekt: ein Buch mit den berühmten »Straßburger Predigten« von Albert Schweitzer! Doch damit nicht genug. Christian entdeckte ein kleines Kärtchen, das wie ein Lesezeichen zwischen den Buchseiten steckte. »İmmanuel Kilisesi«, war auf der Vorderseite gedruckt, »Türkische Christen laden zum Weihnachtsgottesdienst ein.« Und auf der Rückseite Murats Handschrift: »Bist du morgen dabei? Hole dich um 9.30 Uhr ab.«

Christians Eltern wunderten sich, warum ihr Sohn zuerst rote Ohren bekam und dann mit einem breiten Grinsen in die Runde schaute. Aber sie ahnten schon, dass sie auf Granit beißen würden, wenn sie jetzt danach fragten.

Eckart zur Nieden

Simeon und ich

Du konntest nichts anderes mehr denken, Simeon. Mit deinem ganzen Herzen hast du dem großen Ereignis entgegengefiebert. Gottes Reich sollte anbrechen. Der Messias sollte kommen.

Manchmal wünsche ich mir das auch so: ganz und gar auf ein Ziel ausgerichtet sein. Nur an das Eine denken und es gespannt erwarten. Wie ein Kind vor Weihnachten. Oder wie du damals.

Aber ich denke an tausend Dinge: Reicht die Rente? Wird das mit meinen Knien noch schlimmer? Kann ich dann noch meinen Einkauf nach Hause tragen? Komme ich noch die Stufen hoch? Wird sich das Verhältnis zu meinem zweiten Sohn bessern? Wird mich zu Weihnachten jemand besuchen? Wird die Enkelin ihr Abitur schaffen und der Junge eine Stelle finden?

Ich rede wieder zu viel. Wenn mich jetzt jemand sehen würde, hieße es gleich wieder: Der Alte redet immer mit sich selbst. Typisch bei einsamen Menschen. Dabei rede ich mit dir, Simeon.

Gut, ich weiß auch, du hörst mich nicht. Darum rede ich irgendwie doch mit mir selber. Aber es ist doch anders, als wenn ich mich anreden würde: Vergiss nicht, Hans, du musst noch die Überweisung ausfüllen! Mach langsam, Hans, überanstrenge dich nicht! Denk dran, Hans, das Essen auf Rädern für Donnerstag abzubestellen!

Da ist es besser, ich rede mit jemand anderem, auch wenn der nicht da ist. Neulich habe ich mit Mose geredet, du wirst lachen, mit dem alten Mose. Auch mit Petrus, aber den kennst du wahrscheinlich nicht. Heute bist du dran, weil Weihnachten ist.

Ich hätte auch gern so ein Versprechen, an das ich mich klammern kann. Etwas, auf das ich zu lebe. Denn es ist viel besser, man lebt auf etwas zu als von etwas weg. Lebt auf etwas zu … das alle sonstigen Sorgen verkümmern lässt.

Vermutlich hattest du ja auch sonst noch Sorgen. Oder nicht? Mit der Rente hattest du sicher kein Problem, denn so was gab's damals noch nicht. Wie aber warst du dann versorgt? Über deine Gesundheit und deine zwischenmenschlichen Kontakte weiß ich nichts. Vermutlich ging es in deinem Alter auch nicht ohne Schwierigkeiten. Aber die traten zurück hinter der Not deines Volkes, das so gottlos geworden war. Aber nun sollte der Erlöser kommen. So lautete das Versprechen Gottes. Daran hast du festgehalten. Du wurdest älter und schwächer. Es fiel dir von Tag zu Tag schwerer, zum Tempel hinaufzugehen. Die Leute sagten schon, wenn sie dich sahen: »Na, der Simeon macht's auch nicht mehr lange.« Aber du warst sicher: Gott lügt nicht! Ich werde den Messias noch erleben. Den Anbruch von Gottes Reich.

Vielleicht haben die Leute dich für starrsinnig gehalten, wenn du davon sprachst. So was gibt es ja auch. Alter macht nicht automatisch weise. Aber es ist kein Altersstarrsinn, an Gottes Verheißungen festzuhalten. Gegen die Hektik in der Welt um uns her haben wir Alten einen Vorteil: Wir müssen uns von dem Strudel nicht mitreißen lassen. Wir können leichter als die Jungen, von denen man dauernd Flexibilität fordert, am Bewährten festhalten. Und was ist besser bewährt als Gottes Wort!

Und dann war es eines Tages soweit. Du konntest das Kind auf den Armen halten, das später die Welt erlösen sollte. Du wusstest einfach: Das Reich Gottes ist angebrochen. Was muss das für eine Freude gewesen sein, Simeon!

Eigentlich ... wenn ich's mir recht überlege, ist es dumm, dass ich dich beneide. Kann ich mich nicht genau so wie du auf dies eine ausrichten? – Sicher, ich kann nicht Jesus auf den Armen halten. Aber das ist auch nicht nötig. Er hält mich.

Die Erlösung, die dir nur versprochen war, ist bereits geschehen. Hab ich's da nicht sogar besser als du, Simeon? Kann ich nicht mit noch viel mehr Berechtigung sagen: Nun kann ich in Frieden sterben, denn ich habe den Heiland kennengelernt?

Warum rede ich da eigentlich noch mit dir, Simeon? Oder mit mir selbst? Ich kann doch mit ihm reden!

Ilse Ammann-Gebhardt

Ob er kommen wird?

Sie konnte nichts anderes mehr denken! Ihre Gedanken wanderten den ganzen Tag zurück zu früheren Weihnachtsfesten. Sie hatten sich immer darauf gefreut, Werner, die Kinder und sie. Und es gab unvergessliche Heiligabende. Manchmal waren die Kinder überwältigt und die Eltern mit ihnen. Manchmal hatte das »Wunder der Weihnacht« sie neu ergriffen. Das stellte sich nicht automatisch ein, es geschah ihnen. Manchmal.

Aber es gab in den fünfzig Jahren ihrer Ehe Weihnachtsfeste, die auf eine andere Weise unvergesslich blieben: jenes Fest, als ihre Schwester schwer an Krebs erkrankt war und bald danach starb. Oder als sie selbst zwei Tage vor Heiligabend mit einem schmerzenden Hexenschuss ins Bett musste. Der Heilige Abend war dennoch gekommen und gegangen, »wie es sich gehört«.

Heute aber stand ihr ein anderes, fast schon vergessenes Weihnachten mit seltener Klarheit vor Augen, und sie konnte an nichts anderes mehr denken.

Es lag mehr als vierzig Jahre zurück. Ihr Mann befand sich mit Tuberkulose in der Klinik. Man hatte kein Telefon damals, kein Auto. Jeden Mittwoch und jeden Sonntag fuhr sie mit dem Zug in die Stadt, nahm den Bus, fuhr durch die ganze Stadt und stieg auf schmalem Weg den Berg hinauf zum Krankenhaus. Es roch schlecht dort, nach irgendwelchen Chemikalien. Wenn das Wetter gut war, gingen sie spazieren. Jetzt im Dezember aber war es nasskalt, die Wege matschig und vereist.

Manchmal fühlte sie sich am Ende ihrer Kraft. Seit fast neun Monaten kam sie hierher. Nächsten Donnerstag war Heiligabend.

»Denkst du, du darfst nach Hause?«

Er hob die Schultern: »Ich habe gestern noch mal gefragt, aber die Ärztin meinte, ich müsste noch ein Vierteljahr bleiben.«

»Aber – wie steht es denn mit deiner Lunge?«

»Du weißt, sie sagen einem nicht viel. Letzthin meinte Dr. Braun, die Heilung habe gute Fortschritte gemacht. Aber was die Entlassung betrifft, hüllt auch er sich in Schweigen.«

Sie verließ an diesem dunklen Dezemberabend bedrückt die Klinik. Noch einmal ein ganzes Vierteljahr? War die Krankheit vielleicht doch schlimmer gewesen, als sie wusste? Wie sollte es dann bloß weitergehen?

Doch sie wollte an die Kinder denken und ihnen trotz allem ein schönes Fest bereiten. Und, wer weiß, vielleicht würde man Werner wenigstens für zwei, drei Tage zum Fest beurlauben. Wer weiß?

Mit tapferem Herzen bereitete sie das Fest vor. Sie backte Plätzchen und Kuchen, kaufte ein und packte Päckchen. Sie schmückte den Weihnachtsbaum – schließlich war Weihnachten, das Fest der Hoffnung und der Freude, das Fest der Lichter und der trauten Lieder.

Die Kinder fieberten dem Heiligen Abend entgegen … aber von Werner hatte sie nichts gehört.

Sie ging und öffnete die Haustür, als es nach Mittag schellte. Eine unbändige Freude ergriff sie: Er stand vor ihr, Werner!

Die beiden fielen sich in die Arme, hielten einander lange fest.

»Ach Werner«, sagte sie erleichtert. Und irgendwann ängstlich: »Bis wann darfst du bleiben?«

Er schaute sie an: »Ich bin entlassen.«

Werner war daheim. Der Weg war noch weit, bis er wieder voll arbeitsfähig war. Die Krankheit aber kam nie mehr zurück. Er blieb geheilt.

Vierzig Jahre, dachte sie heute, vierzig geschenkte, gesunde Jahre! Was für ein Geschenk! Auch die glückselige Freude jener Weihnachtstage.

Sie wandte sich um, schaute ins festlich geschmückte Zimmer, schaute ihren Mann an, weicher als sonst, und sagte: »Die Kinder werden gleich da sein. Lass uns die Kerzen anzünden.«

Tanja Jeschke

Umzug zu Weihnachten

Sie konnte an nichts anderes mehr denken. Diese spitzgiebeligen Fenster. Das große Zimmer ein L. Aber was für ein L! Ein L zum Rollllllllllschuhlaufen. Ein L für einen lllllllangen Tisch. Das kleine Zimmer ein Mauseloch für Nini, das Mäuschen. Nini könnte auf dem Heidschnuckenfell unter dem Wickeltisch schlafen, warum nicht. Und die Küche mit den grasgrünen Kacheln. Frisch und knackig wie Basilikum.

Martin sagte Aber. »Aber zwei Zimmer reichen doch nicht für uns drei. Wir brauchen mehr!«

Sie hüllte sich in Schweigen, klug wie eine Schlange: Die Wohnung würde für sich selber sprechen und sie kannte Martin. Sie sah ihn schon auf dem winzigen Balkon sitzen, der beinahe über dem Rhein hing. Da fuhren die Schleppkähne vorbei. Jaja, sie sah ihn dort schon sitzen, mit dem Fernglas, und nicht wieder aufstehen.

Aber guck dir das Klo an, sagte er. Acht Meter lang und ohne Heizung. Im Winter ist das jedes Mal ein Gang durchs Polareis!

Was war das Polareis gegen die Badewanne, die in der Küche hinter einer chinesischen Wand stand. Nini könnte planschen, während sie Rühreier briet – oder die Weihnachtsgans. Sie konnte an nichts anderes mehr denken als daran, schon an Weihnachten eine Gans in dieser Wohnung zu braten und in diesem L zu zerlegen, für Martin, für Nini, für Katrin, für Hermann, für Mama, für Papa, für Oma. Alle am llllllllllllllangen Tisch. Sie schnalzte mit der Zunge und rief Herrn Becker-Sohl an. Martin guckte abwartend über seine Brillengläser. Abwartend heißt: Mach ruhig weiter. Und das tat sie.

»Ja«, sagte sie zu Herrn Becker-Sohl, »Also wir nehmen sie«. Herr Becker-Sohl sagte: »Na dann«.

Martin besorgte einen Heizlüfter für das Polareis, sie schrubbte die grünen Kacheln mit Essig ab und besprühte die chinesische Wand mit Bio-Anti-Schimmelspray. Nini krabbelte von einem Bücherkarton zum nächsten und zog einen langen Speichelfaden hinter sich her.

Drei Tage vor Weihnachten waren sie hauruck eingezogen, obwohl es hier und da noch ein bisschen haperte, ein bisschen was zu kleben war, Herr Becker-Sohl brachte Tesa-Moll für die Fenster und ein elektrisches Heizkissen und ruckelte gekonnt an einem Rohr in der Küche herum, bis das Wasser wieder abfloss.

Und der Rhein erst! Martin telefonierte ständig mit dem Handy auf dem Balkon. »Ich steh hier direkt überm Rhein«, erzählte er Hermann und Katrin und, und, und, »gerade tuckert zum Beispiel ein sehr schöner Rheinschipper bei uns vorbei.« Zum Beispiel. Bei uns. Sie lachte.

Zwei Tage vor Weihnachten besorgte sie die Gans. So ein traditionelles Vieh hatte sie noch nie gebruzzelt, geschweige denn in so einem Backofen von Anno Nepomuk. Aber wenn nicht jetzt, wann dann, sagte sie zu ihm und guckte kurz hinter die Klappe.

Am Heiligen Abend gab es zur Krönung Eiszapfen. Wie Orgelpfeifen hingen sie festlich vor den Fenstern herab.

Katrin brachte Rotkohl mit Nelken mit und fiel über den

Staubsauger mitten im riesigen L. Der Rotkohlsaft spritzte Blümchen auf die Wände, die Schüssel zerbrach.

Die Gans ist nicht gans durch, sagte Martin und hielt ein Stück Fleisch über die Kerze.

Als Hermann das Deckenlicht ausmachte, sah der lllange Tisch, übersät mit Teelichtern, aus wie ein hell erleuchtetes Boot auf dem schwarzen Wasser.

»Es ist, wie ich es mir gewünscht habe«, sagte sie und hielt sich an der Tischkante fest.

»Frohe Weihnacht«, flüsterte Oma erschüttert ins Weinglas.

Eva Prawitt

Aufbruch

Er konnte an nichts anderes mehr denken ... Dabei hatte er versucht, sich so gut es ging abzulenken. In der Eingangshalle seines Anwesens hatte er eigenhändig eine drei Meter hohe Tanne geschmückt und den besten Catering-Service der Stadt beauftragt. Schließlich war es nicht so, dass er den Heiligen Abend allein verbringen würde. Er hatte Freunde eingeladen und Leute aus seiner Firma. Es war ihm wichtig, zusammen mit seinen Angestellten Weihnachten zu feiern. Doch am wichtigsten war ihm sein Junge.

Der Sohn. Bei der Planung der Sitzordnung hatte er sich dabei ertappt, dass er einen Platz für ihn freihielt. Und das, obwohl sie schon seit Jahren nicht mehr miteinander gefeiert hatten.

Es hatte keinen Streit gegeben. Er war einfach ausgezogen,

so wie es alle jungen Leute einmal tun. Schmerzlich war bloß, dass er nicht wieder zurückgekommen war. Und irgendwann war der Kontakt versiegt wie ein stilles Gewässer in der Sommerhitze. Dabei hatte er ihn immer wieder eingeladen und bei ihm angerufen. Er hatte ihm sogar ein Büro in seiner Firma direkt neben seinem eigenen angeboten. Aber sein Junge hatte ihn jedes Mal abgewimmelt: »Ist ungünstig gerade … ich melde mich bei dir«, was er aber nie getan hatte.

Sein Junge arbeitete jetzt in einer Fabrik, die Maschinenteile herstellte, Frühschicht, Spätschicht, Nachtschicht, zum Feierabend Bier und Fernsehen, sonntagmorgens Frühschoppen in der Kneipe um die Ecke und am Nachmittag zum Fußballplatz. Einmal im Jahr auf die Kanaren.

Für seinen Vater schien kein Platz zu sein. Aber vielleicht war es auch ganz anders? Vielleicht sehnte sein Junge sich genauso nach ihm, wie er sich nach seinem Jungen sehnte? Wenn sie bloß nicht so grundsätzlich verschieden leben würden … Vielleicht lag es daran, dass es nichts mehr gab, was sie miteinander teilten. Früher hatten sie zusammen Konzerte besucht und gute Restaurants, hatten Freude daran gehabt, sich edel einzurichten und zu kleiden, hatten immer wieder dieselben Bücher gelesen und nächtelang diskutiert. Was war es, was sie so voneinander entfremdet hatte?

Er würde es herausfinden, und er wusste längst, wie. Diesmal würde er es anders versuchen als jemals zuvor.

Es war der 24. Dezember und der Wecker auf seinem Nachttisch zeigte kurz vor zwölf Uhr, Zeit genug, bevor seine Gäste eintreffen würden.

Zuerst einmal musste er aber aus seinem Anzug raus. Er streifte sein Jackett von den Schultern und stieg aus der Bundfaltenhose, zog die Schlinge seiner Krawatte über den Kopf und schlüpfte aus seinem frischen weißen Hemd. In Unterwäsche stöberte er in seinem Kleiderschrank nach einer alten Jeans, fand einen Blaumann und entschied sich für ihn. Er zog einen dicken Rolli an und betrachtete sich kritisch im Spiegel.

»Fast …« murmelte er, zerstrubbelte seine ordentlich geschnittenen Haare und stieg schließlich in den Keller, wo er seine Füße in klobige Sicherheitsschuhe zwängte und nach einer Dose Öl stöberte. Er ließ ein paar Tropfen in seine Handflächen kullern und verrieb sie, bis sich die Linien in seinen Händen dunkel färbten und sich unter seinen Nägeln schwarze Ränder bildeten.

Sein Junge würde Augen machen, wenn er ihn so sähe. Aber natürlich durfte er nicht mit dem Auto vorfahren, schon gar nicht mit dem Benz. Nein, er würde die Straßenbahn nehmen, so wie sein Junge es wahrscheinlich auch tat. Die letzen Schritte würde er laufen, durch das Arbeiterviertel bis zu der düsteren Seitenstraße, in der sein Junge wohnte. Er lachte, als er sich ausmalte, wie er an seiner Tür klingeln würde.

Bloß noch in den Parka schlüpfen … Rechts und links schob er je eine Flasche Bier in die Taschen, eine für sich und eine für seinen Jungen. Und dann machte er sich auf den Weg.

Albrecht Gralle

Schlanke Weihnachten bei Esbjerg

Er konnte an nichts anderes denken, als der Wind ihn mit voller Wucht traf und ihm Regen und Sand ins Gesicht blies. Erst als die seltsamen, pferdeähnlichen Silhouetten auftauchten, sammelten sich seine Gedanken wieder. Vor dem grauen Himmel standen zwei riesige Pferde in der Brandung und schienen regungslos auf die stürmische See zu blicken.

»Sind das Pferde?«, fragte er Sina und musste seine Frage wiederholen, weil der Wind ihm die Worte von den Lippen riss und sie über den Sand schleuderte.

»Ja, Pferde«, nickte sie, »aber ... irgendwie künstlich.«

Als sie näher kamen, sahen sie, dass der Rumpf der bewegungslosen Tiere alte Bunker waren, an die man jeweils einen Pferdekopf und einen Schwanz aus Metall geschraubt hatte. Die Bunker mussten von den Deutschen stammen, die sich im zweiten Weltkrieg auf eine englische Invasion vorbereitet hatten. Und die Dänen hatten daraus Pferde gemacht.

Weiter weg, zum Leuchtturm hin, entdeckten sie drei weitere dieser Bunkerpferde mit ihren verrosteten Metallköpfen.

Man sah sogar unter dem waagerechten Schwanz einen kleinen Eingang.

»Originelle Idee«, brüllte Sven seiner Frau ins Ohr.

»Ein bisschen unheimlich«, murmelte sie.

Sie gingen an den Pferden vorbei, die in dem bleifarbenen Wasser wie Geschöpfe aussahen, die Wache hielten.

»Relativ warm für Dezember«, sagte Sven.

»Was?«

Er beugte sich zu ihr hinüber: »Ziemlich warm für Dezember.«

»Also, mir reicht's«, erwiderte sie. »Ich brauche keinen Schnee.«

Svens Regenkapuze hatte sich gelockert und knatterte mit dem Wind wie der Motor eines Zweitakters.

Sie hatten sich zum ersten Mal über Weihnachten Urlaub gegönnt, nachdem die Kinder ihre eigenen Familien hatten, und wollten einmal den ganzen Trubel hinter sich lassen. Keinen Baum, kein Lametta, keine Kerzen. Für jeden nur ein Geschenk. »Schlanke Weihnachten« hatte Sven gesagt.

In der Nähe von Esbjerg, am Meer, hatten sie sich ein Ferienhaus gemietet, das zwischen den Dünen stand und mit seiner dunkelgrünen Farbe und dem reetgedeckten Dach ganz malerisch wirkte.

Und nun waren sie also angekommen und erkundeten die Gegend, bevor es ganz dunkel wurde.

Wie auf Kommando erschienen plötzlich Möwen über ihnen, eine graue Sorte, die gut zur Abenddämmerung passte. Sie spielten mit dem Wind, als sei er eine Art Luftkarussell. Wahrscheinlich hofften sie auf Nahrung.

Sina blickte nach oben in den dunkler werdenden Himmel.

»Lass uns zurückgehen«, sagte sie. »Es wird allmählich ungemütlich.«

Der nächste Tag, der dreiundzwanzigste Dezember, war ein Regentag, und sie beschlossen, am Spätnachmittag nach Esbjerg zu fahren, um nicht den ganzen Tag im Haus zu verbringen.

Die Stadt war eine Enttäuschung. Große, rote Klinkerkasernen tauchten neben der breiten Durchgangsstraße auf, und in der Fußgängerzone mit den schöneren Häusern schienen sie die Einzigen zu sein, die unterwegs waren.

Auch das Lokal, in dem sie eine Kleinigkeit aßen, war menschenleer.

Inzwischen hatte es aufgehört zu regnen, und so blieben sie nach dem Essen vor den Schaufenstern hängen, die Kleider ausstellten, die weder für Sina noch für Sven gemacht waren.

Als sie ein Kino fanden, gingen sie in den Film, der gerade lief. Eine rührselige, amerikanische Komödie mit dänischen Untertiteln. Sie waren fast die einzigen Zuschauer.

Gegen elf standen sie wieder in der fast menschenleeren Fußgängerzone »Wo sind nur die Dänen abgeblieben?«, fragte Sina.

»Die sitzen gemütlich zu Hause und trinken Lager«, brummte Sven und vergrub missmutig die Hände in den Taschen. Allmählich dämmerte es ihm, dass ihre »schlanke Weihnacht« schlanker ausfallen könnte, als ihnen lieb war.

Endlich hörten sie menschlichen Lärm, der von vorne kam.

Sie stießen auf einen Platz, der von einer künstlichen Eisbahn dominiert war und von Flutlicht angestrahlt wurde. Jugendliche und Erwachsene fuhren darauf herum, schrien und lachten. Und in der Mitte der Eisbahn saß ein Reiter aus Metall auf seinem Pferd und schaute unbeweglich dem Treiben zu.

»König Christian IX«, las Sven, als er über die Eisfläche ging, um das Standbild in Augenschein zu nehmen. »Die Dänen scheinen eine Vorliebe für Metallpferde zu haben.«

Sie entschlossen sich, das Café gegenüber aufzusuchen, aus dem gerade ein paar angeheiterte Dänen traten.

Der Kontrast war stark: vorher die ruhigen, menschenleeren Gassen, und jetzt tobte das Leben. Lärm, Rauch und Alkohol umnebelte sie, Leute saßen und standen im Raum, und in der Nähe der Theke war gerade noch ein Tisch frei.

Das Café war riesig und hatte trotz des locker wirkenden Publikums den nostalgischen Charme einer vergangenen, vornehmen Epoche bewahrt. Rote Stofftapeten hingen an den Wänden, Kronleuchter schwebten von der Decke, die von grünen Säulen getragen wurde, und auf den breiten Fenstersimsen standen alte, silberne Tee- und Kaffeekannen. Auf den überlebensgroßen Gemälden blickten Männer und Frauen in fürstlichen Kleidern steif und streng auf das bunte Publikum und wunderten sich, wie ungeniert die Leute miteinander umgingen.

Ein Paar unterhielt sich gerade lautstark – die Frau mit klagendem Unterton –, und am Eingang umschlagen sich zärtlich zwei Männer.

Der Trubel in dem alten Café tat den beiden Weihnachtsflüchtlingen gut, und sie entschieden sich für Irish Coffee, um sich aufzuwärmen.

Die Bestellungen musste man an der Theke tätigen und die Getränke gleich mitnehmen. Die Bedienung hatte wohl keine Lust, sich durch die Menschenmassen zu schieben und gleichzeitig ein Tablett zu balancieren.

Plötzlich fiel ein Stuhl um. Das Paar, das sich vorhin so laut unterhalten hatte, war aufgestanden und ging zu einer Seitentür. Die Frau schien wohl ein Fußleiden zu haben, denn sie hielt sich an ihrem Begleiter fest. Sven sah ihnen nach und hätte gern ihre Gesichter gesehen, aber er sah nur den hageren Rücken des Mannes und die etwas füllige Figur der Frau.

Nachdem Sven und Sina ihre Getränke geleert hatten, hätten sie eigentlich gehen können, aber irgendetwas hielt sie noch fest. Vielleicht war es das unbekümmerte Leben um sie herum, in das man sich einhüllen konnte wie in einen wärmenden Schal oder die uneingestandene Angst vor dem leeren Ferienhaus mit seiner »schlanken Weihnacht«.

Schließlich stand Sven auf, schob sich an den Tischen vorbei und bestellte an der Theke zwei Milchshakes.

Als er mit den Getränken an ihren Tisch zurückkam, unterhielt sich Sina gerade mit einem Paar, das sich zu ihr gesetzt hatte und sich mit einem Deutsch verständigte, dem ein liebenswürdiger Akzent beigemischt war. So gut es ging, schaltete sich Sven ein. Manchmal musste man brüllen, um sich gegen die Musik und den Klangteppich aus Stimmen und Rufen durchzusetzen.

Sina erzählte von ihrem Ferienhaus und der Idee einer schlanken Weihnacht. Das Wort »schlank« kannten die beiden Dänen an ihrem Tisch nicht, und man einigte sich auf dünn.

Plötzlich zuckte Sven zusammen, denn eine Tür flog mit einem Knall zur Seite. Die Gespräche verstummten, nur die Musik dröhnte weiter. Ein Mann stand im Türrahmen und hielt etwas in der Hand. Es war der Mann mit dem hageren Rücken, der vor einer Stunde mit seiner Begleiterin durch die Seitentür verschwunden war.

Irgendjemand machte die Musik aus, und dann sagte der Mann ein paar Worte mit einer Stimme, die immer kurz davor war, vor Rührung umzukippen. Mit einem Mal, als hätte man einen unsichtbaren Damm beseitigt, brauste ein Stimmengewirr los, Hurrarufe, Klatschen. Einige standen auf und umringten den Mann.

Sven und Sina sahen sich an und fragten ihre Tischnachbarn, was denn los sei. Die schüttelten nur den Kopf, und die Frau wischte sich mit dem Handrücken über die Augen.

»Die habe eine Kind geboren«, sagte die Frau und deutete auf den Mann, den man jetzt nicht mehr sehen konnte.

»Was? Hier in diesem Café?«

»Ja, ja. In die Raum dahinten.«

»Vielleicht kann ich noch das Kind sehen«, sagte Sven und boxte sich durch die Menge, aber der frischgebackene Vater war schon dabei, wieder mit seinem Bündel durch die Tür zu verschwinden. Alles, was Sven noch sehen konnte, waren ein paar winzige Zehen, die sich unter der Decke bewegten, so klein, als stammten sie von einer Puppe.

Er ging zurück zum Tisch und ließ sich auf seinen Stuhl fallen.

Um ihn herum war es stiller geworden. Die Musik blieb immer noch ausgestellt und die Stimmen klangen gedämpfter als sonst, als nähmen alle Rücksicht auf das unsichtbare Kind.

Sina warf einen Blick auf die Uhr und sagte: »Der vierundzwanzigste.«

»Was?«

»Wir haben den vierundzwanzigsten. Es ist schon nach zwölf.«

»Ja«, nickte ihr Tischnachbar. »Eine richte Weihnachtskind.« Er lachte. »Keine dünne Weihnacht. Dicke Weihnacht, sehr dicke Weihnacht. Weißt du, es hört nicht auf.«

»Was hört nicht auf?«, fragte Sven verwirrt.

»Dass Good die Mensche liebt«, sagte die Frau und legte ihre rechte Hand wie zur Bestätigung auf ihre linke Brust.

Als Sven und Sina später nach Hause fuhren, sah Sven immer wieder die Szene vor sich, wie die Tür mit einem Knall aufflog und der neue Vater mit dem kleinen Bündel im Türrahmen stand. Und auch diese nackten, kleinen Zehen, das Zeichen, dass Gott seit Weihnachten immer noch die Menschen liebt, wurde Sven nicht los.

Er konnte an nichts anderes mehr denken.

Die Original-Weihnachtsgeschichte

Aufgezeichnet von Lukas, dem Arzt

(Lukasevangelium, Kapitel 2, nach der Übersetzung »Hoffnung für alle«)

In dieser Zeit befahl Kaiser Augustus, alle Bewohner des Römischen Reiches in Listen einzutragen. Eine solche Volkszählung hatte es noch nie gegeben. Sie wurde durchgeführt, als Quirinius Statthalter in Syrien war. Jeder musste in seine Heimatstadt gehen, um sich dort eintragen zu lassen.

So reiste Josef von Nazareth in Galiläa nach Bethlehem in Judäa. Denn er war ein Nachkomme Davids und in Bethlehem geboren. Josef musste sich dort einschreiben lassen zusammen mit seiner Verlobten Maria, die ein Kind erwartete.

In Bethlehem kam für Maria die Stunde der Geburt. Sie brachte ihr erstes Kind, einen Sohn, zur Welt. Sie wickelte ihn in Windeln und legte ihn in eine Futterkrippe im Stall, denn im Gasthaus hatten sie keinen Platz bekommen.

In dieser Nacht bewachten draußen auf dem Feld einige Hirten ihre Herden. Plötzlich trat ein Engel Gottes zu ihnen, und Gottes Licht umstrahlte sie. Die Hirten erschraken sehr, aber der Engel sagte: »Fürchtet euch nicht! Ich verkünde euch eine Botschaft, die das ganze Volk mit großer Freude erfüllt: Heute ist für euch in der Stadt, in der schon David geboren wurde, der lang ersehnte Retter zur Welt gekommen. Es ist Christus, der Herr. Und daran werdet ihr ihn erkennen: Das Kind liegt, in Windeln gewickelt, in einer Futterkrippe!«

Auf einmal waren sie von unzähligen Engeln umgeben, die Gott lobten: »Ehre sei Gott im Himmel! Denn er bringt der Welt Frieden und wendet sich den Menschen in Liebe zu.«

Nachdem die Engel in den Himmel zurückgekehrt waren,

beschlossen die Hirten: »Kommt, wir gehen nach Bethlehem. Wir wollen sehen, was dort geschehen ist und was der Herr uns verkünden ließ.«

Sie machten sich sofort auf den Weg und fanden Maria und Josef und das Kind, das in der Futterkrippe lag. Als sie es sahen, erzählten die Hirten, was ihnen der Engel über das Kind gesagt hatte. Und alle, die ihren Bericht hörten, waren darüber sehr erstaunt. Maria aber merkte sich jedes Wort und dachte immer wieder darüber nach.

Andreas Malessa

Was gibt's da zu lachen?!

Advent und Weihnachten,
mal so gesehen

112 Seiten, Hardcover
ISBN 978-3-7655-1726-6

Nachdenkenswertes und Tiefsinniges, ohne Kitsch und Sentimentalität, dabei immer pointiert und voll hintergründigem Humor: In 12 Geschichten und (vor)weihnachtlichen Betrachtungen nimmt Andreas Malessa augenzwinkernd den hektischen Alltag im Dezember aufs Korn.

Andreas Malessa bietet geistliches Schwarzbrot, ohne Schmalz, voll liebenswert selbstironischen Humors.

Damit Sie weder sorgenvoll und gereizt, weder kitschig eingelullt noch latent melancholisch auf Weihnachten zugehen, sondern sich von Herzen auf eine fröhliche, selige, gnadenbringende Weihnachtszeit freuen können.

Andreas Malessa

Petra Hahn-Lütjen (Hrsg.)

Weihnachts-
Stern-Geschichten

64 Seiten, Taschenbuch
ISBN 978-3-7655-4034-9

»Zum ersten Mal ...«, so beginnt jede der Stern-Geschichten von bekannten Autoren – und alle haben mit dem Stern von Weihnachten zu tun.

Lesen Sie neue kurze Geschichten von Andreas Malessa, Hanna Ahrens, Albrecht Gralle, Mathias Jeschke u. a.

BRUNNEN VERLAG GIESSEN
www.brunnen-verlag.de